#LikeforLike

Charlie Newsman

Charlie Newsman

_____

#LikeforLike

Bibliografische Information der Deutschen Nationalbibliothek: Die Deutsche Nationalbibliothek verzeichnet diese
Publikation in der Deutschen Nationalbibliografie; detail-
lierte bibliografische Daten sind im Internet über
http://dnb.dnb.de abrufbar.

Auflage 2 | Juli 2019
© Charlie Newsman
Umschlaggestaltung: Tina Niehues
Lektorat: Laura Feckler
Herstellung und Verlag:
BoD – Books on Demand, Norderstedt
Alle Rechte vorbehalten.

ISBN: 9783748144397

Personen und Handlungen dieses Romans sind frei erfunden, Parallelen daher nur zufällig.

#eins

Ich schaute unauffällig zu meiner Sitznachbarin. Dann ließ ich den Blick zu den anderen schweifen. Kurz gesagt: Ich war völlig fehl am Platz. Meiner Nachbarin konnte ich durch ihre weit geöffnete Bluse auf die üppigen Rundungen ihres Busens schauen, außerdem reichte ihr enganliegender Rock nur bis zur Mitte ihrer wohlgeformten Oberschenkel. Getoppt wurde ihr Outfit durch weinrote Pumps, die einen Absatz hatten, mit denen man durchaus jemanden erstechen konnte und die Farbe der Schuhe spiegelte sich auf ihren aufgespritzten Lippen wider. Immer wieder bauschte sie ihre blonden langen Haare auf und zupfte gekonnt einige Strähnen in die Stirn. Die anderen Kandidatinnen unterschieden sich kaum von ihr. Außer zwei Männer, die Anzüge in einer unauffälligen dunklen Farbe trugen, und breitbeinig auf ihren Stühlen saßen, wobei einer von beiden ungeduldig mit dem Bein wippte.

Ich saß mit fünf Frauen und zwei Männern in einer Art Foyer und wartete darauf, mich beim Chef der Werbeagentur vorstellen zu können. Meine Chance, genommen zu werden, war, um es vorsichtig auszudrücken, ziemlich gering. Aber immerhin 7 zu 1. Ich schluckte. Dann sah ich an mir runter. Gut, die dunkelblaue Stoffhose war jetzt nicht unbedingt ein Hingucker, doch sie war neutral. Meine hellblaue Bluse war züchtig bis zum Hals zugeknöpft und in diesem Moment ärgerte ich mich sehr, nicht auf Joe, meinen WG-Mitbewohner gehört zu haben, der immer wieder betonte, dass mein Outfit mit der alten Strickjacke, die immerhin schon acht Jahre auf dem Buckel hatte, altbacken aussah.

Ich liebte diese Strickjacke. Sie überdeckte meine zu breiten Hüften perfekt. Außerdem hatte sie die gleiche Farbe wie die Hose. Also passte es optisch. Und im Grunde war es egal, wie ich aussah. Wichtig war einzig, dass meine Werbeprojekte und Cover Entwürfe, die ich in meinem Portfolio gesammelt hatte, überzeugten. Aber wenn ich mich so umsah, zweifelte ich doch arg daran, dass ich diesen Job ergattern konnte. Und Jobs in Werbeagenturen waren leider selten.

Ich schlug ein Bein über das andere, kramte kurz in meiner übergroßen Handtasche nach meinem Handy, richtete meine Brille und tippte auf die Instagram

App, um mich von der Tatsache, gar nicht hierher zu-
passen, abzulenken. Auf Instagram oder kurz Insta
genannt, hatte ich mir eine kleine Community aufgebaut. Ich postete Bilder von Covern, die ich erstellt
hatte oder auch das ein oder andere Foto, was mir einfach gut gefiel. Eins zeigte Joe, der lasziv auf einem
breiten Ast saß und sich eine Osterglocke unter die
Nase hielt. Das Foto hatte ich geschossen, kurz bevor
er heruntergefallen war. Glücklicherweise hatte Joe
sich nicht wehgetan. Noch im Fallen hörte man ihn
lachen. Heute Morgen hatte ich ein Bild gepostet, auf
dem meine Finger einen heißen Becher mit Kaffee
umfassten. Auf dem Becher stand: ›der frühe Vogel
kann mich mal‹. Diesen Becher hatten mir meine Eltern geschenkt, als ich in die WG gezogen war. Ich
liebte das lange Schlafen. Am Wochenende konnte es
durchaus sein, dass ich bis nach Mittag schlief. Herr-
lich.

»Saskia von Hohen Stein bitte!«

Ich sah auf. Die Empfangsdame oder was sie auch
immer war, hatte einen von uns aufgerufen. Miss ›Dicke Lippe‹ stand vorsichtig auf, richtete kurz ihren
Rock, dann klapperte sie mit wackelndem Hintern
davon. Ich war mir sicher, dass sie ein langes Vorstellungsgespräch führen würde. Ich wusste, dass es einen Chef gab. Männlich. Alle Männer standen doch
auf so eine Art von Frauen. Noch ehe ich den Gedanken ganz zu Ende dachte, sank meine Chance, die vor

meinen inneren Augen auf einer Skala abgebildet war, in den Minusbereich. Im Grunde konnte ich mich gleich wieder auf den Heimweg machen. Wofür noch hier bleiben? Kopfschüttelnd sah ich wieder auf mein Handy. Mein Bild mit der Tasse war von vielen gelikt worden. Ich hatte bereits nach einer Stunde schon 185 Likes bekommen, viele kommentierten und ich versuchte, jeden Kommentar ebenfalls zu kommentieren. Man könnte jetzt meinen, ich hätte viele Freunde, ich sei beliebt und könnte mich vor Dates kaum retten. Das war nicht so. Aber in der virtuellen Welt, da hatte ich viele Freunde. Das war meine Welt. Die Welt, in der ich mich wohlfühlte.

Ein Kommentar unter dem Bild war von Mr.LovaLova. Es hatte sich regelrecht eingebürgert, dass wir Bilder, die wir posteten, grundsätzlich kommentierten und immer unseren Senf dazu abgaben.

> **Mr.LovaLova** Mich kann der frühe Vogel auch mal. Zumindest dann, wenn ich nicht arbeiten muss. ☺ #derfrühevogelkannmichmal

Mr.LovaLova kannte ich ausschließlich über Insta. Letztes Jahr wollten wir uns eigentlich mal treffen, doch hatte das irgendwie nicht geklappt. Und eigentlich wollte ich es auch gar nicht so gerne. Hinterher war man enttäuscht, weil der Jemand in der virtuellen

Welt ganz anders war, als in der Normalen. Warum also das aufs Spiel setzen? Er war auch ein Designer, allerdings keiner für Werbung oder Cover, sondern einfach ein Grafikdesigner, der Spaß daran hatte, die schrillsten Bilder am Computer zu kreieren.

Das gleiche Geklacker wie eben drang an meine Ohren. Miss ›Dicke Lippe‹ marschierte an uns vorbei, zum Ständer, an dem unsere Jacken hingen. Sie schniefte laut in ein Taschentuch. Ich sah ihr ins Gesicht. Sie heulte. Während zwei andere Frauen, die recht ähnlich aussahen, direkt aufsprangen, um ›Dicke Lippe‹ zu trösten, blieb ich weiterhin sitzen und starrte innerlich auf meine Skala. Minus 100. Wie könnte ich es schaffen, meine Chance zumindest wieder auf null zu bekommen? Null hörte sich besser an, als Minus. Just in dem Moment, indem ich das Wort ›arrogantes Arschloch‹ von einer der Frauen, die sich zur Aufgabe gemacht hatten, ›Dicke Lippe‹ zu trösten, vernahm, witterte ich meine Chance. Als arrogant wurde ich auch bezeichnet. Also in der realen Welt. Nicht in der virtuellen. Und wie hieß es so schön? Gleich und Gleich gesellt sich gerne.

Vielleicht sollte ich zusätzlich noch meine Brille abnehmen. Keiner der Anwesenden trug eine Brille. Und Brillenträger sahen immer nach Nerds aus. War ich einer? Manchmal. Aber das musste ich ja nicht direkt durchblicken lassen. Ich nahm die Brille ab und verstaute sie in meiner Tasche. Ich blinzelte. Umrisse konnte ich vage erkennen, Einzelheiten jedoch nicht. Wenn ich jetzt noch die oberen Knöpfe meiner Bluse aufmachen und den ›Ich habe keine Zeit, mich mit meinen Haaren auseinanderzusetzen - Dutt‹ öffnen würde, wäre ich zumindest optisch annähernd, wie einer der anderen Bewerber.

*** *Ich habe keine Zeit, mich mit meinen Haaren auseinanderzusetzen - Dutt: Man nehme ein dickes Haargummi, bindet die Haare lässig zu einem Zopf im Nacken zusammen, schlingt das Haargummi so oft darum, dass es dann nur noch einmal funktioniert, zieht die Haare ein letztes Mal durch, aber nicht ganz, sodass eine Schlaufe entsteht.* ***

Ich machte mich an die Arbeit, öffnete meine Haare und ließ das Haargummi in meiner Tasche verschwinden. Ich tat so, als würde ich mich am Kopf jucken und nutzte diese Geste dazu, meine braunen Haare etwas aufzulockern, was eigentlich so oder so egal war, meine Haare sahen stets aus, als sei ich gerade erst aus dem Bett gesprungen. Ich öffnete die oberen Knöpfe meiner Bluse. Mit dem Zeigefinger fuhr ich an der Öffnung entlang. Einer würde noch gehen. Erneut öffnete ich einen Knopf. Jetzt konnte man auch meine Rundungen sehen. Zumindest etwas. Welchen BH trug ich? *Den Fleischfarbenen.* Schnell machte ich zwei Knöpfe wieder zu.

»Katrina Dim … Dimi …«, ertönte es. Ich sah in jene Richtung, in der ich die Stimme vermutete. Ich stand schnell auf. Meine große Handtasche hatte ich an mich gepresst.

»Dimitrijewa. Das bin ich.«

»Wenn Sie mir bitte folgen würden, Sie sind die Nächste.«

Wenn ich die Augen etwas zusammenkniff, konnte ich zumindest etwas besser sehen. Ich erkannte, dass es sich um die Empfangsdame handelte. Sie trug ein Headset, Stöckelschuhe, die bei jedem Schritt, den sie tat, auf dem Steinboden unangenehm laut hallten, ein typisches Business-Outfit und streng zurückgekämmte blonde Haare, die sich in einem perfekten Dutt zusammenfügten. Und ihre lauten Schritte kamen mir in diesem Moment doch sehr entgegen. Ich folgte dem schemenhaften Headset-Engel und dem lauten Geklacker. Vor einer riesigen Glasfront blieb sie stehen.

»Einen Moment bitte«, hauchte sie. Sie klopfte an die Glasscheibe, kurz darauf öffnete sie eine Tür, die ich leider nicht erkennen konnte, aber ich hörte, wie sie eine Klinke nach unten drückte.

»Ben, Katrina Dimitä …«

»Dimitrijewa«, sagte ich laut.

Ich war es gewohnt, dass die meisten Menschen Schwierigkeiten hatten, meinen russischen Nachnamen auszusprechen. Als ich Kind war, hatte mich das wahnsinnig aufgeregt. Ständig musste ich den Namen wiederholen und sogar oftmals buchstabieren, was ich bereits mit vier Jahren konnte. Inzwischen war es mir egal. Man gewöhnt sich an alles.

»Also, die nächste Bewerberin«, sagte die Empfangsdame.

»Schick sie rein.« Die Stimme war tief. Leider hatte ich mich nicht ausreichend über den Chef der Werbeagentur informiert. Schließlich hatte ich erst vor drei Tagen erfahren, dass ich mich bewerben konnte. Joe, mein WG-Partner, bester Freund und Vertrauter, hatte mich auf diesen Job aufmerksam gemacht. Und tief im Inneren hatte ich gespürt, dass ich diesen Job nicht bekommen würde. Wahrscheinlich würde ich weiterhin suchen müssen, ob sich eine geeignete Arbeit für mich auftat und nur heimlich meiner Leidenschaft, Buchcover für Self-Publisher zu planen, abends nachkommen.

Seit zwei Monaten war ich nun schon arbeitslos. Schweren Herzens hatte mir meine Ex-Chefin gekündigt. Sie mussten Stellen abbauen und ich war leider die Letzte, die ins Unternehmen gekommen war. Eine kleine aber feine Agentur, spezialisiert auf Radio-Werbung.

Was mich an dieser Agentur hier reizte: Ich könnte meiner Leidenschaft hauptberuflich nachkommen, denn es wurde ein Designer gesucht mit dem Schwerpunkt Buchcover.

»Bitte«, hauchte die Empfangsdame und ich erkannte, dass ihr Arm mir den Weg wies. Selbstbewusstes Auftreten. Diesen bescheuerten Tipp hatte mir Joe mit auf den Weg gegeben. Energisch trat ich vor und knallte mit dem Kopf gegen eine Glasscheibe. Tür verfehlt. Offensichtlich. Kurz sah ich Sterne und Blitze aufleuchten. Ich schloss die Augen und rieb mir über die Stirn.

»Haben Sie sich wehgetan?«, fragte der Headset-Engel besorgt. Ich hob die Hand.

»Geht schon wieder. Entschuldigung.«

Ich war der Empfangsdame dankbar, dass sie mich kurzerhand am Oberarm fasste und mich sanft durch die offene Glastür zog. Dann hörte ich hinter mir die Tür, wie sie ins Schloss fiel.

»Bitte, Frau Dimita …, nehmen Sie doch Platz.« Ich kniff die Augen zusammen und versuchte selbstbewusst auf den Schreibtisch zuzugehen. Der Chef war aufgestanden. Nur undeutlich erkannte ich einen Anzug und eine Krawatte. Und da ich den Kopf etwas anheben musste, vermutete ich, dass der Chef recht groß war. Ich fragte mich nur eins: Wo war der Stuhl, auf dem ich Platz nehmen sollte? Was für eine Scheißidee, die Brille abzunehmen. Plötzlich ertönte laut das Lied ›Sexy and I know it‹. Ich erstarrte binnen dem Bruchteil einer Sekunde.

»Äh, wollen Sie nicht dran gehen?«, fragte der Chef.

Erst da kam mir der Gedanke, dass es sich tatsächlich um meinen Klingelton handelte. Scheiße. Mit Sicherheit hatte Joe meinen Klingelton heimlich verändert, wie er es so oft tat. Hektisch kramte ich in meiner Tasche, bis ich endlich mit den Fingern mein Telefon aufspürte. Ich zog es hervor und wollte es augenblicklich zum Verstummen bringen, doch ich kam ausgerechnet auf den Regler, der das Telefonat laut stellte.

»Trina, Baby, wie ist es gelaufen? Ist der Chef so heiß, wie ich es vermutet habe? Hast du ihn mit deiner sexy Strickjacke um den Verstand gebracht?«

»Joe ... ich ... ist gerade schlecht. Ich rufe dich an.«

»Was ist schlecht? Der Chef? Wieso ist er schlecht?«

»Nein ... nicht der Chef. Ach Joe, bitte leg auf!«

»Ich verstehe dich ganz schlecht, Baby. Ist alles in Ordnung? Glaubst du, er ist schwul? Ich hätte mal wieder Lust«, lachte Joe in den Hörer. Just in dem Moment, wo ich tatsächlich in Erwägung zog, mein Telefon auf den Boden fallen zu lassen und gleich mit beiden Füßen darauf herumzutrampeln, spürte ich eine Hand, die meine umfasste und mir mein Handy entriss.

»Hallo, hier spricht der heiße Chef, der übrigens nicht schwul ist, aber versucht, ein Vorstellungsgespräch zu führen. Und die Strickjacke bringt mich tatsächlich um den Verstand. Wenn Sie mich und Baby also einen Moment entschuldigen würden, wäre das großartig. Baby wird sie zurückrufen, sobald wir hier fertig sind, okay?«

Ich hörte Joe husten. »Oh mein Gott.«

»Gott bin ich nicht, aber ich versuche mein Bestes.«

»Entschuldigen Sie bitte. Auf Wiederhören.« Endlich hatte Joe aufgelegt. Zitternd fasste ich in meine Tasche und fand endlich die heißersehnte Brille. Mit einer schnellen Bewegung setzte ich sie auf. Ich schaute zu Boden und spürte genau, wie mein Gesicht und auch der Hals fleckig wurden. Leider eine Begleiterscheinung an mir, wenn ich nervös bin, oder wenn ich mal wieder in irgendeine Tollpatschigkeit übergegangen war. Also im Grunde bestand mein Gesicht nur noch aus Flecken.

»Hören Sie, das ist mir wirklich sehr unangenehm. Wenn Sie also, …« Ich sah auf zu ihm. *Wow.* »Soll ich gehen?« *Der perfekte Mann für ein heißes Cover. Erotik. Ihn, bis zur Hüfte, wie er sich gerade sein Hemd aufknöpft, die Krawatte lässig um den Hals liegend. Ein leichtes Schmunzeln, ein lasziver Blick … eine perfekt rasierte Männerbrust.*

»Aber, Sie sind doch gerade erst gekommen.« Er lächelte mich offen an und legte den Kopf etwas schief. Und ich spürte genau, wie ich noch fleckiger wurde. »Bitte! Nehmen Sie Platz.« Er zeigte auf den Stuhl, den ich ohne Brille kaum als diesen identifizieren konnte, weil auch der nahezu komplett aus durchsichtigem Material bestand. Einzig der Chefsessel war dominant, groß und schwarz.

»Dankeschön.« Ich setzte mich versucht damenhaft hin. Auch er nahm in seinem Sessel Platz, rutschte etwas hin und her, ehe er mich schmunzelnd ansah.

»Also, Baby ist Ihr Name?«

»Nein. Ähm … Trina. Kat … Katrina, meine ich.«

Er streckte die Hand über den Schreibtisch aus. Ich ergriff sie und schüttelte kräftiger, als nötig gewesen wäre. »Ich wollte eigentlich nur Ihre Unterlagen haben. Aber, die Hand schütteln geht immer.«

Schnell zog ich meine Hand zurück. »Entschuldigen Sie.«

Jetzt reiß dich zusammen!!! Ich zog das Portfolio aus meiner Tasche und reichte es ihm. Grinsend nahm er es entgegen. *Er lachte mich aus …*

Während er mehr oder weniger interessiert durch meine Mappe blätterte, hatte ich die Möglichkeit ihn zu beobachten. Wie alt mochte er sein? Ich schätzte ihn vage auf Mitte 30. Vielleicht auch Anfang 30. Einen Ring trug er nicht. Also musste er ledig sein. Auf der anderen Seite trug mein Vater nur noch selten seinen Ehering. Er hatte in den Jahren zugenommen und lebte ständig mit der Angst, den Ring nicht mehr vom Finger ziehen zu können. Einmal musste ich sogar seinen Finger mit Spüli einreiben. Nur so bekam er ihn noch ab. Allerdings sah der Chef jetzt nicht danach aus, zugenommen zu haben. Er war zwar breit, doch sah man ihm an, dass es sich um Muskeln handelte und nicht etwa um Schwabbelstellen, so, wie sie an meinem Körper zu finden waren … und man musste gar nicht lange suchen, wobei Joe immer wieder betonte, dass ich den perfekten Körper hätte und das, was ich Schwabbel nennen würde, lediglich weibliche Kurven seien.

Ich zuckte erschrocken zusammen, als er plötzlich lachte. Etwas erstaunt sah ich ihn an.

»Von Ihnen ist also dieser Joghurt-Slogan. Sehr gut. Wirklich. Er hat so genervt, dass man ihn nicht mehr vergessen konnte.«

»Nun, sollte das nicht Ziel eines Slogans sein?«, entfuhr es mir spontan.

»Aber ja.«

Er blätterte weiter. Am Ende der Mappe waren meine privaten Designs. Designs für Buchcover. Und ganz bewusst, ich meine, man will ja einen seriösen Eindruck hinterlassen, hatte ich Cover gewählt, ausschließlich für Thriller, wobei mir einige Kunden bereits sagten, dass ich äußerst gut erotische Cover Designs erstellen würde. Ich versuchte in seinem Gesicht zu lesen, wie er meine Arbeit fand, doch er blieb relativ ausdruckslos. Ab und zu legte er den Kopf schräg oder hielt die Mappe anders, vielleicht, um einen anderen Blickwinkel zu bekommen. Ob die Designs ihm gefielen, konnte ich überhaupt nicht sagen. Ich fing an, nervös zu werden. Ungeduldig wippte ich mit dem Bein.

»Ich hörte, Sie sind einer der besten, was Buchcover Design betrifft. Stimmt das?« Er schaute mich, während er die Frage stellte, nicht an.

»Da müssten Sie dann meine Kunden fragen.«

Er schlug die Mappe zu und reichte sie mir. Zittrig nahm ich das Portfolio entgegen und verstaute es augenblicklich in meiner Tasche. Ohne Frage. Er war ein arrogantes Arschloch.

»Es mangelt Ihnen an Selbstbewusstsein, Trina. Für die Werbebranche nicht unbedingt ein Vorteil.«

Du strotzt dafür umso mehr vor Selbstbewusstsein.

»Ja. Das weiß ich. Mein Freund sagt mir das ganz oft.«

Der Chef sah auf und lächelte mich an. »Ihr Freund?«

»Also mein Mitbewohner. Joe.«

»Der nette Mann, eben am Telefon?«

Ich presste die Lippen zusammen. »Ja. Genau der.«

»Mmh. Wollen Sie vielleicht noch etwas über uns wissen?«

Okay … denk dir Fragen aus. Führungskräfte mochten es gerne, wenn man sich für das Unternehmen interessierte.

»Wie viele Mitarbeiter haben Sie denn so?« *Bescheuerte Frage.*

»Inklusive der Putzkräfte?« Er sah mich etwas belustigt an.

»Ja«, gab ich selbstbewusst von mir. Die Putzkräfte trugen schließlich auch dazu bei, dass der Laden lief. Wer wollte schon in eine schmutzige Agentur kommen?

»26.«

»Aha. Und wie lange sind Sie schon dabei?« Sein Lächeln verschwand. Hatte ich etwas Falsches gefragt?

»Ich habe dieses Unternehmen vor drei Jahren gegründet.«

Scheiße.

»Ja, das weiß ich. Ähm und was sind die Schwerpunkte des Unternehmens?«

Er lachte und schüttelte gleichzeitig den Kopf. Dann wurde er ernst und fuhr sich mit einer Hand über den Dreitagebart. »Haben Sie sich nicht über unser Unternehmen informiert? Das alles steht auf unserer Homepage. Ich finde es ziemlich gewagt, sich bei uns vorzustellen, ohne über unsere Agentur irgendetwas zu wissen. Macht nicht unbedingt einen professionellen Eindruck, finden Sie nicht auch, Trina?«

Ich wollte antworten, doch kam ich nicht mehr dazu. Es klopfte wahnsinnig laut an der Glastür, dann schwang sie auf. »Ben, wir bräuchten gleich mal eine Entscheidung von dir.« Der Chef erhob sich augenblicklich, knöpfte sein Jackett zu und kam um den

Schreibtisch herum. Dann reichte er mir die Hand. Ich ergriff sie.

»Vielen Dank für Ihr Erscheinen. Wir melden uns dann bei Ihnen.«

Das war es dann wohl. Den würde ich nie wieder sehen.

»Dankeschön.« Zu mehr Worten war ich nicht in der Lage. Dann verschwand er. Ich bückte mich, hob meine Tasche auf und ging aus dem Büro. Das hatte ich mir selbst zuzuschreiben. Schade. In diesem Laden hätte ich gerne gearbeitet, obwohl ich ja wusste, dass meine Chancen nicht gerade hoch waren. Also weiterhin Arbeitslosengeld beziehen und abends meiner Leidenschaft nachgehen. Ich verspürte einen kleinen Kloß im Hals und versuchte, ihn runter zu würgen. Ich würde jetzt nicht hier herausgehen und ebenso heulen, wie Miss ›Dicke Lippe‹. Nein, das würde ich nicht! Und irgendwie wurde ich das Gefühl nicht los, selbst wenn ich heulen würde, es würde für mich sicher keiner aufstehen, um mich zu trösten.

Ich schritt zur Garderobe, packte meinen dunkelblauen Dufflecoat und drückte die Taste, die den Aufzug hoffentlich schnell kommen ließ. Irgendwie hatte ich das Gefühl, Blicke im Rücken zu haben. Ich drehte mich nicht mehr um. Ich wollte nur noch nach Hause und mich selbst bemitleiden.

#zwei

Mit einem Gesicht, als hätte ich gerade erfahren, dass ein lieber Mensch von mir gegangen war, stand ich an der Bushaltestelle und zählte förmlich die Minuten, bis ich endlich hier verschwinden konnte. Die Agentur war genau in meinem Rücken. 7. Etage. War die 7 nicht immer eine böse Zahl? Lag es nicht auf der Hand, dass dieses Vorstellungsgespräch schiefgehen musste? Wusste ich das nicht längst schon? Spätestens, als ich mit all den Blondinen und den zwei stylischen Männern im Foyer saß?

Endlich kam der Bus. Ich stieg ein und setzte mich in den hinteren Teil ans Fenster. Dann kramte ich in meiner Tasche und zog mein Haargummi heraus. Schnell band ich meine langen Haare zusammen und obendrauf zog ich meine weite Kapuze tief ins Gesicht. Unauffällig und nicht gesehen werden, das wollte ich. Und ich wollte nicht mehr über dieses beschissene Vorstellungsgespräch nachdenken. Im

Grunde passte ich ohnehin nicht in dieses Unternehmen. Alleine die Empfangsdame sah aus, als würde sie ganz nebenbei für *Victoria Secret* laufen. Ich war nicht so. Ich fühlte nicht so. Ich würde niemals so sein.

Um meine Laune so richtig auf dem Tiefpunkt zu bringen, begann es auch noch zu regnen. Von der Haltestelle, an der ich aussteigen musste, brauchte ich ungefähr 10 Minuten, bis ich endlich zu Hause war. Und obwohl ich mich immer freute, wenn Joe da war, so hoffte ich jetzt, dass ich die Wohnung ganz für mich alleine hatte.

Der Nieselregen war in einen Stark-Regen umgeschlagen. Überall sah man Menschen, teilweise mit aufgespannten Regenschirmen, teilweise mit Zeitungen über den Kopf, die schnell den nächsten Unterstand anpeilten. Ich würde so oder so nass werden. Selbst wenn ich mich beeilen würde, so machte dies kaum einen Unterschied. Nass war nass. Und so stieg ich gemächlich aus und machte mich auf den Heimweg.

»Trina?«

Genervt hängte ich meinen Schlüssel ans Brett.

»Ja.«

Joe kam in den Flur geschlendert, grinste, schaute an mir runter und wurde unweigerlich ernst. »Du bist ganz nass«, bemerkte er.

»Ach, ehrlich?«

Er kam auf mich zu, half mir aus meinem triefenden Mantel und hängte ihn ins Bad. »Trina, tut mir wirklich leid mit dem Telefonat. Hätte ich gewusst … also, ich dachte, du seist längst fertig. Warum hat das überhaupt so lange gedauert?«

»Weil es auch noch anderer Bewerber gab! Meinst du, ich bin die einzige, die sich bei einer Agentur dieser Größenordnung vorstellt?«

Joe sah mich prüfend an. »Deine Bluse ist falsch zusammen geknöpft.«

Ich sah an mir runter. Ich hatte zwei Knöpfe vertauscht. Und durch das Vertauschen hatte sich eine Falte gebildet, die direkt den Blick auf meinen fleischfarbenen BH freigab. Na super.

»Baby, hat dir das keiner gesagt?« Joe flüsterte fast.

Mir liefen die Tränen. »Nein! Hat mir keiner gesagt! Nicht der ›Headset-Engel‹, nicht Miss ›Dicke Lippe‹, nicht dieser blöde, arrogante Chef. Keiner hat was gesagt«, heulte ich laut.

Joe biss sich auf die Lippen, ehe er seine perfekt geschnittenen dunkelbraunen Haare mit den Fingern gleich beider Hände durchfuhr. Ich spürte genau, ein Mensch, so wie Joe, der die Perfektion quasi erfunden hatte, war heute für mich ganz schlecht. Ich stieß ihn zur Seite und huschte ins Badezimmer. Ich schloss ab und setzte mich auf den Badewannenrand und ließ meiner Traurigkeit freien Lauf.

»Baby, hast du Hunger?«, hörte ich es gedämpft durch die Tür.

»Nein.«

»Pizza?«

»Ich habe Nein gesagt, Joe!«

»Tortilla?«

Ich überlegte. »Aber nur vier.«

Joe entfernte sich lachend von der Tür. Ich zog mich langsam aus, vermied in den Spiegel zu schauen, nahm die Brille ab und stellte mich unter die Dusche.

Einer fehlte noch in unserer WG. Sie fehlte seit immerhin schon einem halben Jahr. Christine. Und in diesem Moment wünschte ich, sie wäre schon wieder da. Ein Semester hatte sie in England studieren dürfen. Finanziert von ihren Eltern, die immer wieder den Kopf schüttelten, wenn sie uns besuchten und offensichtlich nicht nachvollziehen konnten, warum ihr Mädchen in einer WG mit zwei verrückten Mitbewohnern leben wollte. Christine war auch einer von den perfekten Menschen. Gutaussehend von Natur aus, aus reichem Hause, talentiert und zu allem Überfluss auch noch wahnsinnig nett und meine beste Freundin. Und obwohl ich keine perfekten Menschen, vor allem heute, ertragen konnte, fehlte sie mir sehr und ich konnte nicht leugnen, dass ich mich enorm auf morgen freute, wenn wir wieder vollständig wären. Dann wäre unsere WG wieder komplett.

Ich trocknete mich ab, wickelte das Handtuch um meinen Körper und schloss auf. Joe telefonierte.

»Nein. Aber sie steht hier gerade vor mir!« Joe grinste. Ich machte mit der Hand ein Zeichen, dass ich unter keinen Umständen jetzt in der Lage wäre, zu telefonieren. Aber, wie so oft hörte er nicht und hielt mir den Hörer entgegen.

»Hallo?«, fragte ich müde.

»Trina, ich bin es, Christine.«

»Oh, Christine. Wie geht es dir? Bleibt es bei morgen?«

»Ja. 10:25 landet mein Flieger. Ich habe dich versucht, auf dem Handy zu erreichen. Warum gehst du nicht dran?«

Ich schaute auf meine Handtasche, die im Flur lag.

»Wann hast du versucht, mich anzurufen?« Ich klemmte das Telefon zwischen Schulter und Ohr und hob meine Tasche vom Boden auf.

»Bestimmt 10 Mal. Eben gerade noch. Na ja, also 10:25. Ihr holt mich ab, ja?«

»Ja, machen wir.« Ich kramte in meiner Tasche rum und fand nirgends das Handy.

»Okay, ich freue mich riesig, euch morgen zu sehen! Hab´ dich lieb, bye, bye.«

»Ich hab´ dich auch lieb.« Dass Christine längst aufgelegt hatte, nahm ich nicht wahr. Aber, ich bemerkte, dass mein Handy weg war.

»Kann ich dir helfen?« Joe sah mich irritiert an und nahm mir das Telefon aus der Hand. Ich kniete mich im Flur auf den Boden und kippte meine Tasche aus. »Mein Handy ist weg. Mein … mein Handy!« Immer wieder durchstöberte ich die Tasche, doch die Tatsache, dass es weg war, ließ sich auch dadurch nicht ändern. Verzweifelt hielt ich mir die Hände vors Gesicht. »Ich habe mein Handy verloren! Bestimmt im Bus«, heulte ich laut. Joe setzte sich neben mich.

»Jetzt lass uns mal ganz nüchtern überlegen. Wo hattest du es denn zuletzt?«

Ich zog die Hände vom Gesicht und sah Joe völlig verständnislos an. »Mein Leben ist weg! Wenn ich wüsste, wo ich es zuletzt hatte, müsste ich nicht suchen, oder? Ich habe es bestimmt im Bus verloren.«

Der Bus. Ich musste es im Bus, als ich das Haargummi aus der Tasche gezogen hatte, verloren haben.

»Lass uns mal in die Küche gehen und dann überlegen wir in Ruhe, was wir jetzt machen. Ich habe uns einen Kaffee gekocht.«

Ich zog einmal kräftig die Nase hoch, nickte mir innerlich selbst zu und stand auf. Dann schlenderte ich mit hängendem Kopf hinter Joe her.

Unsere Küche war mehr ein Gemeinschaftsraum, als dass es nur ein Ort zum Kochen war. Ein riesiger runder Holztisch stand genau mittig des Raumes und jeder Gast, der zu uns kam, durfte sich mit bunten

Stiften darauf verewigen. Wir hatten alle Möbel kunterbunt zusammengewürfelt und jeder, der uns besuchte, fühlte sich auf Anhieb wohl. Und hatte man auf die Stühle keine Lust, gab es noch unsere kleine Couch in der Ecke. Unsere Küche war ein Ort, der mich zur Ruhe kommen ließ.

Ich zog das Badehandtuch noch enger um meinen Körper und setzte mich auf meinen Platz. Mein Stuhl war der Grüne, Christines Stuhl war lila und Joe hatte sich einen Stuhl bemalt, der so ziemlich alle Farben in sich trug. Für Gäste gab es einen roten Stuhl. Joe hielt mir einen Kaffee vor die Nase und stellte Zucker und Milch dazu. Dann setzte er sich zu mir. Kurz herrschte Stille.

»Sollen wir vielleicht erstmal deine Nummer sperren lassen? Oder sollen wir mal bei dem Busunternehmen anrufen? Vielleicht hat es jemand abgegeben«, flüsterte Joe.

Ich schüttelte nur mit dem Kopf. Nicht als Antwort auf seine Fragen, sondern weil ich über den ganzen Tag im Allgemeinen nur noch mit dem Kopf schütteln konnte.

Es klingelte. Ich schreckte hoch, während Joe aufstand und zur Tür lief. Ich nippte an meinem Kaffee und zog ernsthaft in Erwägung, einen kräftigen Schuss Baileys hinzuzugeben, um das Gefühlschaos in meinem Inneren zu betäuben. Doch glaubte ich nicht wirklich daran, dass Baileys diese Macht hatte.

Ich hörte Joes Stimme. Sicher war an der Türe wieder irgendein Boy, der es auf Joe abgesehen hatte. Joe war sehr wählerisch. Der Mann, der ihm gefallen würde, müsste ebenso perfekt sein, wie er es war. Ich hörte Schritte und verdrehte die Augen. Jetzt irgendeine schwule Bekanntschaft von Joe hier sitzen zu haben, noch dazu, wo ich ja nur mit einem großen Handtuch bekleidet war, wollte und konnte ich nicht tolerieren.

»Joe, geht bitte aufs Zimmer, ja?«, rief ich in Richtung Flur.

»Ich wollte eigentlich nicht mit Joe aufs Zimmer«, rief es zurück. Mir stockte der Atem. Der Chef. Der Chef der Werbeagentur.

#drei

Kurz darauf kam Joe in die Küche. Hinter ihm … wie hieß er? Ben oder Benedikt?

Hektisch stand ich auf, packte verzweifelt mein Handtuch fest und versuchte, eine halbwegs gute Figur zu machen.

»Wa … was wollen Sie denn hier?«, fragte ich stotternd und schob zitternd mit dem Zeigefinger meine Brille nach oben, die gerade in brenzligen Situationen immer von meiner Nase rutschen wollte. Nach wie vor trug er den dunklen Anzug mit der unauffälligen Krawatte, darüber einen halblangen dunkelgrauen Mantel. Joe und ihn nebeneinander stehen zu sehen, hatte etwas Lustiges. Sie schienen zumindest äußerlich aus dem gleichen Holz geschnitzt zu sein. Beide schön. Außergewöhnlich schön. Joe die dunkle Variante, braune Haare, brauner Dreitagebart, braune Augen, der Chef das gleiche in blond und mit blauen Augen. Und ich strafte mich innerlich selbst dafür, dass ich mir in dieser surrealen Situation Gedanken darüber machte, dass beide Männer sich ähnelten. Der eine schwul, der andere nicht. Also, glaubte ich.

»Nun, Sie haben Ihr Handy in meinem Büro vergessen.« Ich sah ihn mit offenem Mund an und nahm nur aus den Augenwinkeln wahr, dass Joe mir mit den Händen irgendetwas versuchte zu sagen.

»Setzen Sie sich doch. Möchten Sie einen Kaffee trinken?«, fragte Joe fast schon eindringlich und sah mich dabei kopfschüttelnd an.

»Oh ja, natürlich, setzen Sie sich doch«, sagte ich schnell. Was zum Teufel wollte er hier, in unserer Küche?

»Sehr gerne. Vielen Dank.« Der Chef zog seinen Mantel aus und setzte sich auf Christines Stuhl. Dann legte er mein Handy auf den Tisch und schob es mir zu.

»Baby, zieh dir doch was an.« Joe sah auf mein Handtuch und nickte mir zu.

»Gute Idee, Joe. Kleinen Moment, ich bin gleich wieder da.« Krampfhaft hielt ich mein Handtuch fest, lächelte noch einmal den Chef an, dann verschwand ich schnell in meinem Zimmer.

Einen Augenblick stand ich nur da und starrte auf mein Bett. Ich konnte nicht fassen, was gerade geschehen war. War das ein Traum?

Ich schrie mich selbst in Gedanken an, mich möglichst schnell anzuziehen. In Windeseile schälte ich mich aus dem Handtuch und eilte zu meinem riesigen Kleiderschrank, der eigentlich mehr Bücher und Papierkram enthielt, anstatt Kleidung. Ich griff blind die nächstbeste Unterhose und einen BH, zog beides an und schaute währenddessen, welche Hose ich tragen sollte. Ich entschied mich für eine ausgewaschene Jeans, somit die modernste Hose in meinem Schrank. Und wieder ärgerte ich mich, ausgerechnet diese Hose in den Trockner getan zu haben. Ich hüpfte unzählige Male in die Luft und versuchte, die Jeans über meine Hüften zu bekommen. Ich schwitzte jetzt schon. Ich zog den Bauch ein, um den Knopf zuzumachen, doch das Ende, bis zum Knopfloch, schien in weiter Ferne. Verzweifelt legte ich mich aufs Bett, holte tief Luft und schaffte endlich das Unmögliche möglich zu machen. *Scheiße, war die eng.* Zu guter Letzt zog ich einen Pullover an, den mir Christine und Joe zum Geburtstag geschenkt hatten. Er vereinte unser aller Geschmack. Er war modern und trotzdem klassisch. Schlicht. Dunkelblau/weiß gestreift. Ich schaute in meinen Spiegel. Meine Haare waren immer noch nass, aber ich würde sie einfach offen tragen. Mit den Fingern kämmte ich sie zurück, schob noch einmal meine Brille nach oben, dann nickte ich mir zu und verließ mein Zimmer, was unmittelbar an die Küche grenzte.

Joe und der Chef waren in ein Gespräch vertieft, indem es über Werbeslogans ging. Ich setzte mich still auf meinen Stuhl und tat so, als wäre es das Normalste der Welt, dazusitzen, dem Gespräch zu lauschen und meinen inzwischen kalten Kaffee zu schlurfen. Den Nachnamen des Mannes, der hier fast schon vertraut am Tisch auf Christines Stuhl saß und mit Joe über irgendwelche Werbung philosophierte, kannte ich nicht. Immer noch nicht. Die Werbefirma trug den einfachen Namen ›Sternenreich‹. Hieß er so mit Nachnamen? War das ein Name? *Guten Tag Herr Sternenreich. Ne ... das kann kein Name sein ... oder doch?*

Ohne es gemerkt zu haben, endete die Unterhaltung der Männer. Dann sah der Chef mich an.

»Ich wollte Ihnen noch ein Angebot machen. Es kam mir gelegen, dass Sie Ihr Handy in meinem Büro vergessen haben, auch wenn an die 10 Mal das Lied ›*Sexy and I know it*‹ ertönte.«

Ich räusperte mich kurz und versuchte, ihn selbstbewusst anzusehen. »Um was für ein Angebot handelt es sich denn, Herr ...?« *Ah ... Macht der Gewohnheit.*

Der Chef lächelte. »Benedikt von Weiden.«

»Ja. Herr Weiden von. Von Weiden, meine ich.«

»Es reicht, wenn Sie mich Ben nennen. Mein Angebot wäre für Sie, Ihnen die Möglichkeit zu geben, sich erneut vorzustellen. Und, den kleinen Tipp gebe ich Ihnen, sich vielleicht im Vorfeld etwas über meine Agentur zu informieren. Sind Sie damit einverstanden?«

Ich sah ihn mit halbgeöffnetem Mund an. Sekundenlang passierte nichts. Dann spürte ich einen dumpfen Schlag auf meinem Schienbein, der mich augenblicklich aus meiner Schockstarre befreite.

»Warum tun Sie das?«

»Nun, Ihre Strickjacke hat mich einfach um den Verstand gebracht.« Joe fing laut an, zu lachen. Ich strafte ihn mit einem bitterbösen Blick. Joe verstummte sofort.

»Hören Sie, Ben, Sie müssen das nicht tun. Es waren so viele Bewerber heute da, ich bin mir sicher, einer war der Richtige für Sie.«

Er schüttelte lachend den Kopf und schloss kurz die Augen dabei. Süß sah er aus, wenn er lachte. Jung. Gar nicht wie ein Chef ... dann öffnete er die Augen, beugt sich über den Tisch und sah mich direkt an.

»Katrina, wollen Sie den Job, oder wollen Sie ihn nicht?« Wieder spürte ich nur allzu deutlich, wie Joe mich unter dem Tisch trat. Ich zuckte kurz zusammen und schob meine Brille wieder hoch.

»Natürlich hätte ich gerne den Job.« Ich nickte dabei, vielleicht, um Ben zu signalisieren, dass ich nichts lieber hätte, als für ihn zu arbeiten.

»Also. Am Freitag, um 10 Uhr, in meinem Büro, gut vorbereitet und mit Entwürfen, die noch besser sind, als die, die Sie in Ihrem Portfolio hatten. Einverstanden?«

Ich nickte.

»Sie werden nicht enttäuscht sein, das garantiere ich Ihnen«, sagte auf einmal Joe und zwinkerte mich dabei an.

Ben stand auf, zog sich seinen Mantel über und reichte mir über den Tisch hinweg die Hand. Ich ergriff sie.

»Hätte ich auch nur annähernd das Gefühl gehabt, es lohne sich nicht der Aufwand, Ihrer Mitbewohnerin ein erneutes Angebot bezüglich Vorstellungsgespräch zu machen, wäre ich nicht gekommen.« Er hielt meine Hand, während er das sagte, fest, schaute aber Joe an. In der dritten Person zu sprechen, obwohl diese anwesend war und man auch noch einen gewissen Körperkontakt pflegte, fand ich kurz gesagt: Herablassend. Überhaupt schien er von sich sehr überzeugt zu sein. Mochte ich das? – Nein. Fand ich ihn interessant? – Sehr.

Endlich ließ er meine Hand los und reichte Joe die Hand. »Sehen Sie zu, dass Baby pünktlich ist.« Ich sah, wie Ben Joe zuzwinkerte und sich dann in den Flur begab.

»Ich bringe Sie zur Tür.« Joe eilte hinter Ben her. Ich stand wie angewurzelt da und fragte mich immer wieder, ob ich das nur geträumt hatte. Ich zuckte zusammen, als ich den Knall der Haustüre hörte. (Joe hat leider die unangenehme Angewohnheit, die Wohnungstür zuzuknallen.) Nahezu zeitgleich erschreckte es mich, dass Joe laut lachend und in die Hände klatschend zurück in die Küche kam.

»Ha«, entfuhr es ihm.

Ich schüttelte den Kopf und schob alle Stühle wieder an den Tisch. »Das hatte gar nichts zu bedeuten. Wahrscheinlich war er nur sauer, weil ich so schlecht vorbereitet war. Mehr nicht. Das scheint er eben nicht gewöhnt zu sein.« Joe schüttelte lachend den Kopf. »Ja ne, ist klar. Und deswegen nimmt er den Weg auf sich, hierherzukommen, dich privat aufzusuchen, um dir dein Handy zugeben und dir vorzuschlagen, dich erneut bei seiner Firma vorzustellen.«

»Genau.«

»Baby …« Joe kam auf mich zu, packte mich an den Hüften und wirbelte mich herum. »Der steht auf dich!«

Ich musste über diese Aussage schrecklich lachen, die für mich in etwa so lustig war, wie: In der Nacht kommt ein Einhorn zu dir geflogen und lädt dich ein, auf ihm durch die Dunkelheit zu reiten.

Leicht außer Atem zog ich Joes Hände von meinen Hüften. »Du bist ja verrückt. Schau dir den mal an. Der hat anderer Frauen, die er gut findet. Mit Sicherheit die Blondine, die sich auch vorgestellt hat. Die hättest du sehen müssen. Wie aus einem Magazin. Aus einem Sex-Magazin.«

»Warum ist er dann extra hergekommen?« Immer wenn Joe die Brauen weit nach oben zog, handelte es sich um eine Frage, die im Grunde keine Antwort verdiente, da Joe diese bereits kannte.

»Mein Handy, Joe. Mein Handy hat er gebracht. Er wollte es loswerden. Mehr nicht.«

»Hätte er ebenso per Post schicken können. Na ja, egal jetzt. Lass uns einen Plan machen!« Joe packte mich an der Schulter, zog mich auf meinen Stuhl, drückte mich nach unten und setzte sich selbst. »Du musst dich gut vorbereiten, du musst andere Klamotten tragen, du musst eine andere Frisur haben. Du musst dich schminken. Du …«

Ich hob die Hand, um Joe zu stoppen. »Was gefällt dir an meinen Haaren nicht?«

Joes Mund klappte auf. Er sah mich sekundenlang nur an. Ich wartete auf die Antwort. Meine Haare waren braun, glatt, lang. So, wie sie viele Frauen trugen. Und das praktische an dieser Frisur war, ich konnte sie mir ganz alleine schneiden. Dafür musste ich nicht zu einem Frisör gehen.

»Vertrau mir, Baby, Christine und ich machen dich fit fürs Bewerbungsgespräch, denn das könnte dein Karriere-Sprungbrett sein! Ich weiß es. Ich fühle es.«

Ich schüttelte lachend den Kopf. *Sprungbrett wofür bitte?*

»Hattest du mir nicht Tortillas versprochen?« Ich sah Joe an, stand auf, machte endlich den Knopf meiner zu engen Hose auf, schnappte mir mein Handy und marschierte in mein Zimmer.

»Sechs Stück, ja?«, rief Joe mir hinterher.

»Vier!« Dann knallte ich die Zimmertür zu und ließ mich aufs Bett fallen. Ich starrte die Decke an und unterhielt mich mit meinem Inneren.

Willst du für den arbeiten? – Ja, das will ich.

Bist du der Aufgabe gewachsen? – Auf jeden Fall!

Passt du gut in dieses Unternehmen? – Auf gar keinen Fall!

Weißt du viel über diese Agentur? – Nein. Gar nichts.

Findest du den Chef heiß? – Wie Lava.

Willst du Tortillas essen? – Am liebsten sechs …

Ich stand auf, zog meine Hose, meinen Pullover und auch den BH aus und schlüpfte in meinen Schlafanzug-Jumpsuit, der in der WG ständig für Gelächter sorgte, weil er himmelblau war und aussah, wie ein riesengroßer Strampelanzug. Aber saubequem. Mir blieben genau zwei Tage, um mich auf dieses Vorstellungsgespräch vorzubereiten. Zwei Tage. Das war eigentlich nicht zu schaffen. Unmöglich. Ich ließ mich wieder aufs Bett fallen und nahm mein Handy zur Hand. Ich tippte auf die Instagram App. 57 neue Likes und 5 Kommentare. Was jedoch mehr meine Aufmerksamkeit erregte, war die kleine 1 auf dem Papierflieger oben rechts in der Ecke. Eine private Nachricht. Ich rollte mich auf den Bauch und tippte den Flieger an.

> **Mr.LovaLova** Wie sieht es aus, **LoverCover94** ... Lust mit mir zusammen Tee zu trinken? Es steht ja noch ein Treffen aus ☺

> **LoverCover94** Momentan leider schlecht bei mir. Ich muss mich um Arbeit kümmern. Vielleicht, wenn es ruhiger geworden ist. Und im Übrigen stehe ich gar nicht auf Tee, sondern auf Kaffee!

Ich schaltete mein Handy auf Vibrieren und legte es neben mich. Dann zog ich meine Brille ab und vergrub meinen Kopf in meine Arme. Zwei Tage. Zu kurz. Zu kurz für all die Dinge, die Joe mit mir vorhatte. Und ich wusste genau, wenn Christine morgen wieder da wäre, dass sie Joes Idee, bezüglich meiner Veränderung, grandios fand.

»Trina! Tortillas sind fertig. Kommst du?«, hörte ich es gedämpft.

Ich stand auf, setzte meine Brille wieder auf und marschierte in die Küche. Joe lachte.

»Stell dir vor, dein zukünftiger Chef hätte dich in dem Strampler gesehen.«

Missmutig setzte ich mich an den Küchentisch.

»Er ist nicht mein zukünftiger Chef.«

Ich war froh, endlich im Bett zu liegen. Dieser Tag sollte einfach nur noch enden.

Joe hatte, während wir Tortillas aßen, ununterbrochen von meinen bevorstehenden Veränderungen gesprochen. Wirklich zugehört hatte ich ihm nicht. Vielmehr machte ich mir Sorgen darum, wiedermal nicht die richtigen Fragen beim Vorstellungsgespräch am Freitag zu stellen. Warum überhaupt sollte ich Fragen stellen? Wenn ich doch gut vorbereitet wäre und alle wichtigen Information über die Werbeagentur aus dem Internet bekäme, brauchte ich doch nicht mehr zu fragen.

Ich drehte mich nicht gerade galant auf die Seite, streckte mich und holte mein neues Tablet aus meinem Nachttisch. Schaden, schon mal die Seite der Werbeagentur ›Sternenreich‹ zu besuchen, würde es nicht. Sternenreich. Ein bescheuerter Name für eine Agentur …

Aber die Homepage konnte sich sehen lassen. Ich tippte ›*Über mich*‹ an. Augenblicklich erschien Benedikt von Weiden groß auf meinem Display. Im Anzug, mit perfekter Krawatte, sitzend, an einem puristischen Schreibtisch, in die Kamera lächelnd. Ein schöner Mann. Ich zoomte sein Gesicht näher heran.

Obwohl Männer, die einen Dreitagebart trugen, häufig etwas verrucht aussahen, so musste ich gestehen, dass dies bei Ben nicht der Fall war. Es sah hervorragend aus. Individuell. Perfekt. Seriös. Eine kleine Narbe zierte sein Kinn. Seine Lippen waren schön. Die Oberlippe passte perfekt zur unteren. Eine eigenartig schöne Nase, was Männer ja nur selten haben. Ich zoomte seine Augen näher heran. Schöne Augen. Blau. Und seine Iris wurde von einem dunkelblauen Rand umhüllt. Etwas mandelförmige Augen. Ich legte mich auf die Seite und schaute diese Augen an. Interessant. Ich tippte mit dem Finger auf das Display, um ihn wieder in seiner ursprünglichen Größe zu zeigen. Ich schaute auf seine Hände. Schöne Hände. Große Hände. Ich zoomte näher heran. Feine Härchen zeichneten sich auf seinen Fingerrücken ab. Blond. Die Hände waren leicht gebräunt. Perfekt manikürte Fingernägel. Er hatte lange Finger. Auf dem Bild hielt er einen Kuli fest und es sah aus, als sei dieser genauso lang wie sein Mittelfinger. *Misst man die Länge eines Mannes vom Handgelenk bis hin zur Spitze seines Mittelfingers, so hat man die Maße seines erigierten Penis'.* Ich spürte die roten Flecken in meinem Gesicht und auch auf meinem Hals. Ich schüttelte den Kopf, machte das Bild wieder kleiner und widmete mich dem Text, der darunter stand. Ich suchte mir die wichtigsten Informationen raus.

- 26 Mitarbeiter (wusste ich schon)
- Gründungsjahr 2016 (wusste ich auch schon)
- Benedikt von Weiden ist 36 Jahre alt (wusste ich nicht)
- Hat von 2011 bis 2015 in Michigan gelebt (wusste ich auch nicht)
- Hat Mediengestaltung in München studiert (konnte ich mir denken. Also, dass er studiert hat)
- Schwerpunkte der Agentur: Employer branding, Personalmarketing, Webdesign (Und wo bitte, sind Cover?)

Ich schreckte aus meinen Gedanken, als mein Handy vibrierte. Ich legte das Tablet zur Seite und schaute mir die Nachricht an. Joe.

> Baby, du hast morgen um 14 Uhr einen Termin beim Frisör (nur bei Andy ☺)

»Joe!«, schrie ich. Keine Reaktion. Wütend schwang ich mich aus dem Bett, eilte zur Tür, blieb mit meinem großen Zeh in einer Falte meines Strampelanzuges hängen, fiel und sah die Türklinke auf mich zu kommen.

#vier

Es gab einen Riesenknall, meine Brille bohrte sich über mein linkes Auge in die Braue und ein wirklich fieser Schmerz flammte in meinem Kopf auf. Benommen lag ich auf dem Boden und versuchte, mit aller Vorsicht, meine Brille abzunehmen. Ich hörte eilige Schritte und noch ehe ich ›Nicht aufmachen‹ schreien konnte, schwang die Tür auf und knallte gegen meinen Kopf. Wieder sah ich Sterne und inzwischen bekam ich das Gefühl, als würde sich der Boden bewegen.

»Trina! Was machst du denn?« Joe hockte sich zu mir und sah mich besorgt an.

»Was machst du denn?« Ich sah ihn böse an, aber irgendwie funktionierte das nur noch mit dem rechten Auge. »Bist du eigentlich bescheuert, die Tür so aufzumachen?«

Joe starrte mich an. »Baby, vertrau mir, wenn ich dir jetzt sage, dass du dringend einen Arzt aufsuchen musst!«

»Was?« Ich rieb mir über die Stirn und setzte mich auf.

»Ach du Scheiße«, hörte ich Joe murmeln.

Vorsichtig wanderte ich mit meiner Hand zu meiner linken Braue. Ich schaute mir meine Finger an. Blut.

»Baby, zieh dich an, ich fahre dich zur Notaufnahme!«

Definitiv sah ich Joe nur noch mit dem rechten Auge an.

»Das ist alles deine Schuld, Joe! Hättest du mir nicht geschrieben, wäre das alles nicht passiert!«, heulte ich.

Joe stand auf und packte mich unter den Armen. Dann zog er mich hoch. Wackelig stand ich. Er schob mich auf das Bett zu. Ich setze mich und spürte das Blut laufen. »Zieh dir den Jogginganzug an, ich fahre dich jetzt!«

Wir hatten uns zu dritt ein kleines altes Auto geleistet, wobei Christine sich auch ein eigenes hätte kaufen können. Wir sprachen uns ab, wer wann unsere ›Biene‹ (so hieß unser gelbes Auto) benutzen durfte.

Joe hielt mir meinen BH hin. Wütend riss ich ihn aus seiner Hand. »Dreh dich um, Joe.«

»Macht mich eh nicht an!«, maulte er, war aber zumindest so freundlich, sich dezent zur Seite zu drehen. Ich schälte mich aus meinem Strampelanzug und zog mir nahezu blind den BH an. Joe kramte währenddessen in meinem Kleiderschrank, bis er meine, wie er sie nannte: Sex-Bremse gefunden hatte.

*** *Sex-Bremse: eine sehr weite Jogginghose, einer bekannten Sportmarke, die nach allem aussieht, nur nicht nach Sport.* ***

Heulend zog ich die Hose an und ließ alle fünf Sekunden ein lautes ›Aua‹ ertönen.

»Tut es sehr weh?«, fragte Joe mitfühlend und hielt mir meine Strickjacke entgegen.

»Dieses scheiß Salz in den Tränen. Weißt du eigentlich, wie sehr das brennt?«

»Dann hör halt auf, zu heulen!«

Joe knöpfte meine Strickjacke zu, dann half er mir auf, packte mich an der Hand und zog mich aus dem Zimmer. Meine Brille hatte er eingepackt, wobei diese kaputt war. Und wo mein Brillenersatz war, wusste ich leider nicht mehr. Wahrscheinlich in den Untiefen meines Kleiderschrankes. Oder in der Küchenschublade …

Kurze Zeit später saßen wir im Auto und Joe fuhr eilig los. Ich hielt mir ein Kühlkissen ans Auge, wobei das natürlich nicht den gewünschten Effekt brachte, und in ein paar Minuten mein Auge wieder funktionstüchtig machte. Im Gegenteil. Ich glaubte, zu spüren, dass es immer weiter anschwoll. Hatte ich zuvor diesen Tag Scheißtag genannt, so wusste ich jetzt nicht mehr, wie ich ihn nennen sollte. Scheißtag war einfach zu freundlich. Vielleicht Scheißscheißtag. Also doppelt scheiße. Das war somit der beschissenste Tag in meinem bisherigen Leben. Schlimmer konnte es nicht mehr werden.

Nach 20 Minuten kamen wir endlich an. Bisher hatte ich noch nicht gewagt, in einen Spiegel zu schauen. Davon abgesehen hätte ich eh nicht viel erkennen können, da meine Brille ja nun auch kaputt war und ohne Brille sah ich wie ein Maulwurf, nämlich so gut wie nichts.

Joe führte mich zur Notaufnahme und übernahm auch das Gespräch am Empfang. Wartezeit: mindestens eine Stunde. Wir setzten uns.

Joe nahm sein Handy aus der Tasche und scrollte durch die News. Ich hatte meins zu Hause gelassen. Ich hätte eh nichts erkennen können. Ich legte den Kopf in den Nacken und schloss mein rechtes Auge (linke war komplett zugeschwollen). Ich hatte wahnsinnige Kopfschmerzen. Hinzu kam, dass ich das Gefühl nicht loswurde, beobachtet zu werden. Jeder, der Wartenden, starrte mich an. Offensichtlich musste ich sehr schlimm aussehen. Warum sonst, sollten mich die anderen so anschauen? Als ich das funktionierende Auge wieder öffnete, wusste ich, woher das Gefühl, beobachtet zu werden, kam. Joe machte Fotos von meiner Verletzung.

»Ey, kannst du mal aufhören damit? Wehe, wenn du das auf Insta hochlädst«, fuhr ich ihn an. Joe grinste nur.

Ich legte den Kopf wieder zurück und dachte über das Vorstellungsgespräch nach, was ich mir nun wirklich von der Backe putzen konnte. Da half jetzt auch kein Frisör mehr, geschweige denn Make-up oder schöne Klamotten.

Nach immerhin einer dreiviertel Stunde, wurde mein Name aufgerufen. Also, glaubte ich. Die Schwester, die kam, schaffte nur meinen Vornamen ohne Stottern zu sagen. Joe packte mich wieder an der Hand und zog mich vom Stuhl hoch.

»Ich gehe mit dir rein. Wird bestimmt genäht«, sagte er und flüsterte: »Die schauen uns alle an. Die denke, ich hätte dich geschlagen. Der eine Mann dahinten sieht aus, als wolle er auf mich losgehen.«

»Entschuldige, Joe, wenn ich so gerade kein Mitleid für dich empfinden kann«, zischte ich und hielt nach wie vor das Kühlkissen an meine Schläfe.

Ich wollte mir gar nicht ausmalen, was der Arzt mit meiner Wunde anstellen würde. Wir liefen hinter der Krankenschwester her.

»So, Frau Dimätr ...«

»Dimitrijewa«, verbesserte Joe sie.

»Dann können Sie hier schon mal Platz nehmen. Der Arzt kommt gleich.«

Sie zeigte auf eine Liege, die genau in der Mitte eines sterilen Raumes stand. Ich setzte mich. Joe tat es mir gleich und hielt weiterhin meine Hand. Ich lehnte vorsichtig meinen Kopf an seine Schulter.

»Tut mir leid, Baby«, hörte ich es leise.

Ich winkte mit der Hand. »Vielleicht sollte es so kommen. Dann brauche ich wenigstens nicht mehr zum Vorstellungsgespräch zu gehen. Wäre ohnehin in die Hose gegangen.«

Abrupt ließ Joe meine Hand los. Und mein Kopf wurde unsanft von seiner Schulter geschubst. »Du gehst da auf jeden Fall hin! Ich sage Andy, er soll dir eine Frisur machen, sodass man dein linkes Auge nicht sieht. Und morgen früh fahren wir zum Optiker und du bekommst schnell eine neue Brille. Dann können wir gleich nach einem Modell suchen, was etwas zeitgemäßer ist. Hornbrillen sind wieder out.«

Ich sparte mir, darauf noch irgendetwas zu erwidern. Hätte eh keinen Zweck gehabt. Es piepste. Joe zog sein Handy aus der Hose. Dann lachte er plötzlich. »Ich soll dir sagen, du sollst gleich noch Christine anrufen und von Andy soll ich dir ausrichten, er würde dir eine wunderbare Frisur zaubern, womit dein linkes Auge nahezu verdeckt sei. Gute Besserung von beiden.«

»Sag mal, hast du das Foto verschickt oder was?«

»Nur sieben Personen.«

Innerlich versuchte ich den Ärger über die Tatsache, dass Joe meine ›Typisch-Trina-Verletzung‹ bereits einigen geschickt hatte, herunterzuschlucken.

*** *Typisch-Trina-Verletzung: Vergessen, beim Aufstehen, die Füße aus der Verstrebung des Stuhls zu nehmen und der Länge nach hinzufallen, Treppen steigen, dabei zu lesen und die letzte Stufe zu vergessen, Brille abnehmen, aus Eitelkeit und bei einem Vorstellungsgespräch gegen eine Glaswand zu laufen, anstatt durch die geöffnete Tür.* ***

Wenn mir mal wieder so ein Missgeschick passiert war, sagten die meisten Freunde von uns nur: Typisch Trina.

Wir hörten Stimmen. Mein Bauch fing an, unangenehm zu kribbeln. Und dann war es soweit. Ein Arzt kam schnellen Schrittes in das Zimmer, mit ausgestreckter Hand.

»So, was kann ich denn für Sie tun?«

Kurz war ich davor, zu sagen, ich habe Bauchschmerzen.

»Tom?«, fragte Joe, noch ehe ich die ausgestreckte Hand des durchaus attraktiven Mediziners ergreifen konnte. Joe stand auf und ging auf den Arzt zu.

»Joe. Was für ein Zufall.«

Sie nahmen sich in den Arm. Und hielten sich fest. Immer noch. Ich räusperte mich. Nichts. Gerade, als ich fragen wollte, ob ich vielleicht später noch mal kommen sollte, ließen sie endlich voneinander ab.

»Mann, Tom, wie lange ist das schon her?«

Der blonde Arzt namens Tom lachte. »Schon lange, da war ich ja noch Student. Was machst du so, Joe?«, fragte er, packte mit beiden Händen meinen Kopf und schaute sich meine Schläfe an. Mein Kühlkissen ließ ich zu Boden fallen.

»Ich bin Geschäftsführer eines Herrenausstatters hier in der Stadt.«

Er drückte unangenehm fest mit seinem Daumen auf meiner Stirn herum. Ich zog den Kopf ein Stück zurück und ließ ein gequältes ›Au‹ über meine Lippen kommen. Interessierte aber keinen. »Wie ist das passiert?«, fragte der Arzt. Und noch ehe ich erzählen konnte, tat es Joe.

»Trina ist aufgestanden und hat sich vermutlich in ihrem Strampelanzug verheddert. Deswegen ist sie gefallen …«

»Ich bin gegen die Türklinke gefallen und hatte meine Brille auf«, sagte ich schnell und versuchte, so gut es ging, Joe einen strafenden Blick zuzuwerfen. Der jedoch hatte nur Augen für Tom. Und dieser Tom wiederum nur Augen für Joe. War klar, dass das passieren musste! Wieso sollte es heute auch einmal gut laufen?

»Dann leg dich mal hin. Die Platzwunde muss ich nähen. Kopfschmerzen? Übelkeit?«

Ich sah zwischen dem Arzt und Joe hin und her. *Hatte der jetzt mit mir gesprochen?* Beide lächelten sich an. Endlich bequemte sich der Arzt, mich anzusehen.

»Kopfschmerzen ja, Übelkeit nein.« Ich legte mich hin.

Ich hatte Schiss. Schiss, durchaus wegen dem, was der Arzt machte, aber ganz besonders Schiss wegen der Frage, ob sich der Arzt wenigstens konzentrieren würde und vielleicht ab und zu mal auf meine Platzwunde schauen würde und nicht nur in Joes Augen. Ich wollte schließlich nicht mein ganzes Leben lang eine Frisur tragen müssen, die mein linkes Auge verdeckte.

Der Arzt ging zu einem Schrank und holte alles möglich daraus hervor. Ich wippte mit dem Bein, während Joe sich auf einen Drehhocker setzte, seinen Kopf auf beiden Händen abstützte und verliebt Tom beobachtete, der ihn immer wieder anlächelte.

»Joe, jetzt hör mal auf, den so anzuhimmeln! Der soll sich auf seine Arbeit konzentrieren!«, zischte ich versucht leise, damit Tom nichts mitbekam.

Joe schreckte auf. »Hast du was gesagt?«

Der Arzt kam wieder und legte all die Dinge, die er geholt hatte, auf den Wagen neben der Liege. Dann stellte er das grelle Licht über mir an. Mein Bein wippte immer stärker, mein rechtes Auge versuchte, alles zu beobachten.

»Sag mal, Joe, bist du noch mit dem Hannes zusammen?«, fragte Tom, während er die Platzwunde an meiner Schläfe desinfizierte. Es brannte wie Feuer. Und meine Hand wurde nicht von Joe, der das eigentlich versprochen hatte, festgehalten. Er sah nur verträumt zu dem Arzt. »Ne, bin ich nicht. Wir haben uns schon vor Längerem getrennt. Und du? Hast du einen Freund?«

Der Arzt tupfte weiter, sah aber Joe an und schüttelte ebenso verträumt den Kopf. Das konnte nur, im wahrsten Sinne des Wortes, ins Auge gehen.

»Aua!« Mein rechtes Auge funkelte den Arzt böse an.

»Jetzt noch nicht, aber gleich kommt Aua!« Er nahm eine riesige Spritze in die Hand, die ich eher als Werkzeug für einen Pferdetierarzt identifizieren würde.

Joe lachte. »Ach, Tom, du Spaßvogel.«

»Ha, ha. Sehr witzig«, kam es über meine Lippen. Vorsorglich schloss ich das rechte Auge.

Dieser Arzt hatte es noch nicht mal für nötig befunden, mich vorzuwarnen. Er stach einfach zu. Mehrfach. Ich hatte das Gefühl, als würde mein Kopf gleich platzen. Explodieren. »Aua, aua, aua«, schrie ich.

»Sag ich doch«, murmelte Tom. Von Joe hörte ich nur ein leises Lachen. Schön, dass ich wenigstens für zwei Schwule für Unterhaltung sorge. Aber das würde Joe mir büßen. Und Andy würde ich für eine neue Frisur auch nicht bezahlen. Das könnte Joe tun.

Und neue Klamotten, auf die ich eigentlich gar keinen Wert legte, auch.

Nach einer gefühlten Stunde war alles vorbei. Benommen setzte ich mich auf. Joe griff meine Hand. Ich zog sie sofort weg. »Jetzt brauchst du auch nicht mehr meine Hand halten, du Verräter!«

Über meinem linken Auge und der Hälfte meiner Stirn, klebte ein dick wattiertes Pflaster, was so groß war, dass selbst eine passende Frisur das nicht überdecken konnte. Im Grunde war ich froh. So war es absolut ausgeschlossen, in zwei Tagen zu einem Vorstellungsgespräch zu gehen, denn innerlich auf meiner Skala leuchtete nun nicht mehr Minus 100, sondern Minus 1000. Das war einfach Fakt.

»Joe, hättest du nicht mal Lust, mit mir einen Kaffee zu trinken?«, fragte Tom, als er gerade dabei war, sich die Handschuhe auszuziehen. Ich sah Joe an, dessen Augen nur eins sagten: Ich hätte auch Lust, mit dir andere Sachen zu machen.

»Oh ja, gerne. Wollen wir noch mal Nummern austauschen oder hast du meine noch?«

Ich sah wieder von einem zum anderen.

»Ich habe deine Nummer noch. Also wenn es immer noch die alte ist?« Tom desinfizierte sich die Hände und strahlte dabei Joe an. Der nickte nur verträumt. Ich ließ mich langsam von der Liege heruntergleiten und klatschte in die Hände. »Prima. So hat jeder jede Nummer. Ich möchte jetzt bitte nach Hause!« Ich packte Joe am Ärmel und zog ihn zur Tür.

»Also, du meldest dich bei mir?«, rief Joe ihm zu. Tom strahlte und zwinkerte Joe an. »Ich melde mich gleich!«

»Vielen Dank auch fürs Nähen und Tschüss«, sagte ich schnell und wollte Joe durch die offene Tür schubsen, verfehlte diese jedoch um einen halben Meter und er prallte unsanft gegen die Wand. Joe packte mich kurzerhand am Arm und zog mich hinter sich her.

#fünf

»Kannst du mir mal sagen, wer das war?«, fragte ich, als wir im Auto saßen und Joe endlich losfuhr.

»Tom.«

»Ach was, das habe ich auch schon mitbekommen.«

»Wir waren früher mal kurz zusammen. Hat damals aber irgendwie nicht geklappt. Aber ich fand ihn schon immer toll. Er hat so eine männliche Art an sich. Also, ...«

Ich hob unweigerlich die Hand, um Joe Einhalt zu gebieten. »Danke, das reicht mir an Informationen.«

Hatte ich zuvor bereits gedacht, meine Laune wäre absolut auf dem Tiefpunkt, so wusste ich nach dieser Krankenhaussache nicht mehr, wo meine Laune jetzt war. Im Grunde war sie verschwunden. Keine Laune mehr da. Mein Wunsch war nur noch, so schnell wie möglich ins Bett zu kommen und möglichst schnell einzuschlafen um diesen Scheißscheißtag hinter mir zu lassen. Einzig die Aussicht, Christine morgen wieder bei mir zu haben, erhellte etwas.

Als wir endlich daheim waren, goss ich mir ein Glas Wasser ein und schluckte vorsorglich, um nicht in der Nacht von Schmerzen geplagt zu werden, zwei Tabletten. Joe saß am Küchentisch und schaute verliebt sein Handy an. Ich schüttelte nur noch mit dem Kopf, wünschte ihm eine gute Nacht und huschte in mein Zimmer. Ich schaffte es noch, Christine eine Nachricht zu schreiben, dass ich noch lebe, dann schlief ich ein.

Einmal war ich in der Nacht wach geworden, weil die genähte Wunde unentwegt pochte. Ich hatte dem mit einer starken Schmerztablette ein Ende bereitet und war glücklicherweise wieder relativ schnell eingeschlafen. Aber das Aufstehen am nächsten Morgen fiel mir so schwer, wie lange schon nicht mehr.

Um 9 Uhr schälte ich mich vorsichtig aus dem Bett, darauf bedacht, meinen Kopf nicht allzu sehr zu bewegen. Mit ausgestreckter Hand lief ich zur Tür, bis ich die Klinke ertastete und erwartete eigentlich Joe in der Küche, der, egal ob am Wochenende oder in der Woche stets um 6 Uhr aufstand. Aber, es war alles still. Selbst die Dusche war nicht zu hören. Sicher war Joe mit ›Biene‹ unterwegs, um Brötchen zu kaufen. Ich tastete mich bis zum Küchenschrank vor. In einer der Schubladen könnte meine Ersatzbrille liegen und nicht in meinem Kleiderschrank. Übergangsweise würde die es noch tun und ich könnte mehr sehen, als jetzt, mit einem Auge. Mit einem schlechten Auge.

Erleichtert atmete ich auf, als ich endlich mein altes Brillengestell fand. Ich setzte sie auf, lächelte und sah mich in der Küche um. Zumindest eines meiner Augen konnte scharf sehen. Perfekt.

Ich kochte Kaffee und sah zu meiner Verwunderung den Schlüssel unseres Autos auf der Ablage. Joe war also nicht unterwegs. Während unsere nostalgische Kaffeemaschine lautstark das Rattern begann, ging ich zu Joes Zimmer, öffnete, erstarrte für einige Sekunden, ehe ich mich in der Lage fühlte, die Tür so schnell wie möglich wieder zu schließen. Dieses Bild würde mich ein Leben lang begleiten. Joe und der Arzt, küssend, eng umschlungen im Bett, wobei Joes Körper über der Decke lag … nackt. Iiiiihhhh. Langsam ging ich wieder in die Küche, sah aus dem Fenster und schickte ein Stoßgebet nach oben.

*** *Stoßgebet: Für Joe: Etwas Unanständiges, auf das ich nicht näher eingehen möchte, für mich: Der Tag möge bitte besser laufen, als der zuvor.* ***

Ich hörte die Zimmertür von Joe. Ich schloss mein funktionierendes Auge und schüttelte den Kopf.

»Guten Morgen.«

Ich drehte mich um. Joe stand grinsend, zumindest mit Unterhose bekleidet, in der Küche und wartete offensichtlich darauf, dass ich etwas sagte. Ich hob nur beide Hände nach oben.

»Sag was!«, flüsterte er, holte sich eine Tasse und goss sich Kaffee ein.

»Schön, dass du wenigstens so gütig warst, dir eine Boxershorts anzuziehen. Wie konnte das passieren, Joe?«

Joe sah verliebt aus dem Fenster, pustete kurz in seinen Kaffee und trank einen Schluck.

»Er hat sich gemeldet. Gestern Nacht noch.«

»Ach was. Denkst du bitte daran, dass ich mit nur einem Auge nicht Autofahren möchte und wir Christine abholen wollten?«

Wir hörten die Klospülung und sahen beide gebannt in den Flur. Dann kam er. Auch nur in Unterhose. Zwei perfekt aussehende Männer. Andere würden mich für diesen Ausblick, den ich nun hatte, beneiden, ich beneidete mich allerdings nicht, obwohl ich es nicht lassen konnte und mir den Arzt von oben bis unten, wobei mein Blick in der Mitte seines Körpers kurz haften blieb, anschaute. Ich nickte. »Guten Morgen, Herr … Doktor.«

Der Arzt kam mit ausgestreckter Hand auf mich zu. Ich ergriff sie und zwang mich, ihm ins Gesicht zu schauen und nicht etwa auf die Unterhose, oder auf den Waschbrettbauch, oder auf seine wohlgeformten, muskulösen Brüste, oder …

»Kannst mich Tom nennen.«

»Kannst mich ›Das Auge‹ nennen«, erwiderte ich und ließ seine Hand los. Er lachte. Dann ging er zu Joe und küsste ihn flüchtig. »Sie heißt Trina«, hörte ich meinen WG-Mitbewohner flüstern.

»Ich decke dann mal den Tisch.« Energisch ging ich zum Schrank und holte drei Teller raus. Es war nicht so, dass ich mich nicht für Joe freute, aber die Tatsache, dass in meinem Leben so gerade alles schiefging, übertrug sich nun leider auch auf diese Dinge.

Joe und Tom gingen ins Zimmer, um sich anzuziehen.

Nachdem der Tisch notdürftig gedeckt war und ich alle Reste, die ich im Brotschrank finden konnte, dazu gelegt hatte, setzte ich mich. Kurze Zeit später kamen auch Joe und der Arzt und setzten sich an den Küchentisch.

»Wir müssen gleich unsere WG-Mitbewohnerin vom Flughafen abholen. Kommst du mit, Tom?«, fragte Joe schmachtend und sah ihn an. Ich hatte Joe selten so gesehen. Normalerweise war er immer einer, der nicht gerne mit seinen N F D E-Bekanntschaften frühstückte.

*** N F D E-Bekanntschaften: Nur für das eine-Bekanntschaften: Männer, die in äußerer Erscheinung perfekt sind, nicht jedoch von den inneren Werten und es sich deshalb nicht lohnt, nach einer Nacht noch weiteres zu vertiefen, wobei das Wort vertiefen in dieser Kombination durchaus so zu verstehen ist, wie Mann es versteht. ***

Deshalb glaubte ich, als wir alle am Tisch saßen, dass diese Bekanntschaft durchaus etwas Ernsthaftes sein konnte.

»Ich müsste eigentlich mal nach Hause und mir frische Sachen anziehen«, sagte Tom und sah Joe ebenso bezaubernd an. *Schön für euch.*

»Ich kann dir doch Sachen von mir geben.«

»Ich schaue mal.«

Sie küssten sich und ich meinte, ein Stück Zunge gesehen zu haben. Ich sah schnell auf mein Marmeladenbrot und aß weiter.

»Und wir wollten noch für Trina Klamotten kaufen und zum Frisör. Sie hat in zwei Tagen ein Vorstellungsgespräch.« Joe streichelte mir über den Unterarm. Ich sah ihn nur leicht lächelnd an, ehe ich zu Tom sah. »Sie hat weder ein Vorstellungsgespräch, noch einen Frisör Termin, noch die Muße, Klamotten kaufen zu gehen.«

Tom lachte. Also ich musste mir wirklich eingestehen, dass er nicht nur ein wunderschöner Mann war, sondern zudem auch noch äußerst sympathisch. Bis auf die Tatsache, dass er mich gestern Abend nicht vorgewarnt hatte, als er mit der Pferdespritze zustach.

»Trina, lass dir das nicht entgehen. Wenn dir der Chef der größten Werbeagentur in dieser Stadt eine neue Chance gibt, hat das etwas zu bedeuten.« Joe sah mich wieder einmal mit hochgezogenen Augenbrauen an.

»Wo willst du dich vorstellen?«, fragte Tom. Joe aß sein Brot.

»Ach, bei der Agentur ›Sternenreich‹. Aber das hat sich ja nun erledigt. Ich meine, sieh mich an. So brauche ich mich nirgends vorzustellen.«

»Du willst dich bei Ben vorstellen?« Ich sah Tom erstaunt an und auch Joe hatte das Kauen eingestellt und sah auf.

»Du kennst den?«, fragte Joe, noch ehe ich es tun konnte.

»Ja. Ben war drei Jahre mit meiner Schwester zusammen.«

Ich wurde hellhörig.

»Und warum nicht mehr?« Wenn die Schwester von Tom nur halb so schön war wie ihr Bruder, wunderte mich nichts mehr.

»Hatte nicht mehr gepasst. Ben ist sehr …, wie soll ich sagen?«

»Er ist sehr von sich überzeugt!«, entfuhr es mir. »Und deshalb, ich meine, sind wir mal ehrlich, lohnt sich der Aufwand nicht, sich dort zu bewerben.«

»Er hat dich angesprochen?«, fragte Tom und schüttelte dabei unentwegt den Kopf. Joe war letztlich so freundlich und erzählte Tom die ganze Geschichte. Nun schüttelte er noch mehr mit dem Kopf. Ich sah ihn an und biss mir auf die Lippe. »Also, Trina, ohne dich wirklich zu kennen, muss ich dir sagen, dass du dir darauf wirklich etwas Einbilden kannst. Wenn der schon hierherkommt, dann will er dich haben.«

Joe klatschte in die Hände. »Sag ich doch. Aber unsere Trina leidet unter mangelndem Selbstbewusstsein.«

»Tu ich überhaupt nicht. Aber seht mich doch an, Jungs. So soll ich mich vorstellen? Mit diesem Gesicht?«

»Also ich könnte gleich mal schauen, ob wir nicht ein dünneres Pflaster auf die Naht kleben können. Und zwei Tage hast du ja noch Zeit. Vielleicht schwillt es etwas ab«, murmelte Tom und starrte auf meine linke Gesichtshälfte. Ich steckte mir den Rest von meinem Brot in den Mund, spülte mit einem kräftigen Schluck Kaffee nach und stand auf. »Ich mach mich mal fertig. In einer halben Stunde müssten wir losfahren.« Ob die beiden Männer mich überhaupt gehört hatten, wusste ich nicht. Sie küssten sich wieder und obwohl ich nicht hinsah, hörte ich genau, dass Zungen im Spiel waren.

Ich ging ins Badezimmer und schloss hinter mir die Tür. Dann wagte ich einen vorsichtigen Blick in den Spiegel. Ich kämmte mir mit den Fingern einen starken Seitenscheitel. Verdecken konnte man mein Auge. Gut sogar. Und zu verlieren hatte ich eigentlich auch nichts. Entweder Ben von Weiden würde sich für mich entscheiden oder gegen mich. Einen Versuch wäre es Wert.

Ich wusch mich, kämmte mir einen ordentlichen Seitenscheitel, band meine Haare zusammen und verließ kurze Zeit später das Bad. Joe und Ben hörte ich im Zimmer lachen. Wenigstens war der *Typisch-Trina-Unfall* gestern Abend für irgendwas gut. Was wohl Christine zu all dem sagen würde?

Ich ließ mich aufs Bett fallen, griff mein Handy und sah eine private Nachricht, die ich auf Insta hatte.

> **Mr.LovaLova:** Guten Morgen, Schönheit.

Ich schüttelte lachend den Kopf, drehte mich auf den Bauch und schrieb zurück.

> **LoverCover94:** *LOL* Woher willst du wissen, ob ich schön bin?

> **Mr.LovaLova:** Das stelle ich mir vor. Nicht mal Lust, ein Foto von dir preiszugeben?

> **LoverCover94:** Glauben Sie mir, **Mr. LovaLova**, Sie wollen momentan keines von mir sehen. Und was ist mit Ihnen? Zeigen Sie sich doch mal!

Es war verrückt und sicher auch nur ein Zufall, aber genauso wenig wie es von Mr.LovaLova ein Foto im Internet gab, so gab es keines von mir. Anonymität war mir sehr wichtig. Ihm offensichtlich auch.

> **Mr.LovaLova:** Wieso sollte ich momentan von dir keins sehen wollen?

> **LoverCover94:** Mir ist gestern ein Missgeschick passiert.

> **Mr.LovaLova:** Mit deinen Haaren oder womit?

Was sollte ich ihm jetzt schreiben? Die Wahrheit mit Sicherheit nicht. Was war die Wahrheit? – Ich hatte einen Strampelanzug an und war beim Versuch, meinen schwulen WG-Mitbewohner eine hinter den Kopf zu hauen, mit einem meiner Zehen im Stoff hängen geblieben und hatte mit meiner linken Braue die Türklinke geküsst. Hörte sich ziemlich beschissen an.

> **LoverCover94:** Ich bin stark erkältet. Da sieht man dann eben nicht gut aus.

> **Mr.LovaLova:** Na, dann muss ich auf ein Foto von dir warten, bis du wieder gesund bist.

LoverCover94: Schick du mir doch eins von dir!

Eigentlich wollte ich gar nicht wissen, wie er aussah. Ich fand es gut, so, wie es war. Wir wussten beide nicht, wie wir aussahen. Wir wussten auch beide nicht, was wir im wahren Leben so trieben. In meiner Vorstellung war er seltsamerweise dick. Um nicht zu sagen fett. Fertig.

Mr.LovaLova: Ich bin erkältet ;-)

LoverCover94: Feigling ☺ Ich bin off. Bis später mal.

Ich legte mein Handy auf meinen Nachttisch, stand auf und zog mich vollends an. Ich freute mich sehr, Christine endlich nach einem halben Jahr wiederzutreffen. Endlich eine zweite Weiblichkeit in der WG, wobei ich sagen musste, dass Joe durchaus viele Züge hatte, die weiblich waren. Bei ihm fühlte man sich einfach wohl. Und war Christine meine beste Freundin, so war Joe mein bester Freund.

Gar nicht mehr so schlecht gelaunt, verließ ich mein Zimmer und hörte, dass Joe und Tom immer noch nicht fertig waren.

»Joe!«, rief ich. »Es wird Zeit!«

»Fünf Minuten«, hörte ich es gedämpft. Ich setzte mich an den Küchentisch, nahm mein Handy und fotografierte Joes Stuhl. Dann postete ich das Bild auf Insta und schrieb darunter: Wenn man mal wieder auf den Freund warten muss … dann kommen so seltsame Posts von einem leeren, bunten Stuhl. #WG-Leben

Ich legte mein Handy zur Seite und marschierte ins Badezimmer, obwohl ich gar keine Lust mehr hatte, mich im Spiegel zu begutachten. Aber ein bisschen Lippenstift tat der Seele schließlich gut.

Endlich vernahm ich, dass die beiden Männer aus ihrer Liebeshöhle kamen und es nun losgehen konnte.

»Kommst du mit?«, fragte ich Tom und schnappte mir meine Handtasche.

»Nein, ich muss mal nach Hause. Ich komme später wieder.« Das letzte Wort ging in einem Schmatzen unter, weil sich die Jungs erneut küssten. Ich lächelte still vor mich hin. Ich gönnte es keinem so sehr, wie Joe. Er hatte einen lieben Partner verdient. Daran bestand kein Zweifel.

#sechs

Der dunkelblaue VW sauste an uns vorbei. Joe sah ihm schmachtend nach.

»Jetzt fahr mal!«, kam es genervt über meine Lippen. Ich klappte die Beifahrerblende runter und zog den Seitenscheitel mit den Fingern noch mehr über mein Gesicht. Jetzt war das Pflaster nahezu verdeckt. Joe fuhr los. Einige Zeit herrschte Stille, aber ich sah aus den Augenwinkeln, dass mein bester Freund das Grinsen nicht abstellen konnte.

»Weiß Christine schon Bescheid?«, fragte ich Joe, der nur lächelnd mit dem Kopf schüttelte.

Das halbe Jahr, indem Christine in London war, war nichts Aufregendes bei uns passiert. Es lief wie immer. Einzig die Tatsache, dass ich mich um einen neuen Job kümmern musste, war neu gewesen.

Ich zog mein Handy aus der Handtasche und tippte auf die Insta App. Vier Leute hatten unter meinem Stuhl-Foto gepostet. Und alle enthielten die gleiche Frage: *Hast du einen Freund?* Ich schüttelte lächelnd den Kopf. Ging es nur noch darum? Ob man einen Partner hatte? Zugegebenermaßen war meine letzte Beziehung lange her. Um genau zu sein, über ein Jahr. Und es war der totale Reinfall gewesen. Nach 7 Monaten Beziehung fand ich heraus, dass Jonas verheiratet war. Und das seit bereits 3 Jahren. Er hatte ein Doppelleben geführt. Und ich blöde Kuh hatte es nicht mal gemerkt. Erst als Christine ihn in einem Café, mit einer anderen Frau, hatte sitzen sehen, wurde ich hellhörig. Wir hatten zu dritt recherchiert und dann kam alles ans Licht. Jonas war verheiratet und nicht nur das, sondern auch noch Vater von zwei Jungs. Ein Schlag ins Gesicht. Ende der Beziehung.

Wir näherten uns dem Flughafen und die Freude, endlich meine Freundin wieder bei mir zu haben, bescherte mir ein Glücksgefühl, wie ich es schon lange nicht mehr hatte. Joe parkte im Parkhaus, sodass wir nur noch die Straße überqueren mussten und dann sofort in der Ankunftshalle waren.

»Ich freu mich total«, sagte ich und stieg aus. Joe grinste immer noch und ich wagte zu bezweifeln, dass er mich überhaupt gehört hatte.

Arm in Arm kamen Joe und ich in der Ankunftshalle an und ein Blick auf die riesige Tafel verriet, dass Christine längst gelandet war.

»Siehst du? Jetzt sind wir doch zu spät!« Ich zeigte auf die riesige elektronische Leinwand. Noch bevor ich allerdings Joe grimmig ansehen konnte, ertönte plötzlich die Stimme meiner besten Freundin.

»Trina! Joe!«

Christine kam mit zwei Koffern und einer großen Umhängetasche auf uns zu gelaufen. Dann ließ sie alles fallen und wir nahmen uns in den Arm.

»Ach, ist das schön, euch zu sehen!« Christine und ich wischten uns schnell die Freudentränen aus dem Gesicht, wobei das Weinen zumindest bei mir dazu führte, dass mein verletztes Auge brannte wie Feuer und mein schmerzverzerrtes Gesicht natürlich nicht unbemerkt blieb.

»Wie ist das passiert?«, fragte sie und begutachtete mich. Joe grinste. Wie eigentlich schon die ganze Zeit.

»Zum Glück ist das passiert.«

Ich stöhnte laut auf. »Lasst uns einfach jetzt fahren!«

Während Joe beim nahegelegenen Bäcker hielt, um Teilchen zu kaufen, versuchte ich Christine in Kurzfassung zu erzählen, was gestern passiert war.

»Nein«, sagte sie nur.

»Doch! Und jetzt hat sich Joe in den Kopf gesetzt, mich heute zum Frisör zu schleifen und Klamotten für mich zu kaufen.«

»Nein!«

»Doch!«

Das Nein-Doch-Spiel ging noch eine ganze Weile so weiter, vor allem, als ich ihr erzählte, dass Joe die Nacht mit Tom verbracht hatte.

*** *Nein-Doch-Spiel: Für dieses Spiel müssen die Information wirklich beeindruckend sein, ansonsten lohnt sich es nicht, Nein und Doch zu sagen. Das letzte Nein-Doch-Spiel war, als ich herausfand, dass Jonas verheiratet und Vater von zwei Kindern war.* ***

»Und jetzt?«, fragte Christine.

»Sieh mich doch an. So brauche ich mich mit Sicherheit nicht bei diesem arroganten Schnösel Benedikt von Weiden vorzustellen. Der lacht mich aus. Du hättest mal die Empfangsdame sehen müssen. Wie aus einem Sex-Magazin. Da passe ich ohnehin nicht rein.« War ich noch am Morgen voller Euphorie, was das Gespräch betraf, so breiteten sich jetzt doch wieder Zweifel in mir aus. Man musste schließlich Realist bleiben. Und realistisch war nun mal, dass ich überhaupt nicht in dieses Unternehmen passte. Fertig.

Christine lachte laut, band sich ihre langen blonden Haare zu einem hohen Dutt zusammen und sah mich schmunzelnd an. »In zwei Tagen ist das Gespräch?«

Ich schüttelte den Kopf. »In zwei Tagen **wäre** das Gespräch.« Einerseits sagte ich mir immer wieder, dass ich die Chance, mich vorzustellen, ergreifen musste, andererseits wusste ich im Inneren, dass es definitiv nicht klappen würde. Benedikt von Weiden würde sich für einen anderen Bewerber entscheiden. So war es nun mal.

»In zwei Tagen **ist** das Gespräch. Du gehst dahin. Und ich kümmere mich um dein Outfit. Zu verlieren hast du doch nichts.«

Ich verdrehte die Augen (also das eine). »Prima. Ich gehe davon aus, dass du nun auf Joes Zug aufspringst, hab ich recht?«

Joe stieg ein und legte mir ein beachtlich großes verpacktes Rechteck auf den Schoß. Sofort erfüllte der Duft von Kuchen unser Auto. »Wer springt wo auf?«, fragte er, schnallte sich an und startete.

»Wir machen heute Trina für das Vorstellungsgespräch fit!« Christines Augen funkelten so, als sei sie diejenige, die sich beim Frisör verwöhnen lassen und anschließend neue Klamotten bekommen würde.

»Natürlich machen wir das. Sie hat um 2 bei Andy einen Termin.« Joe fuhr los.

»Ja, das habe ich. Und zur Information, Joe wird die Frisur bezahlen und nicht nur das, sondern auch die Klamotten, die ich heute für das Gespräch kaufen werde!«

»Äh, wieso muss ich das bezahlen?«

»Schmerzensgeld, Joe! Schmerzensgeld!«

»Also wo sie recht hat, hat sie recht«, kicherte Christine. Joe nickte. »Also gut. Aber ich lege das Limit fest.«

Eigentlich hatte ich gar keine Lust, zum Frisör zu gehen. Ich mochte es nicht sonderlich, wenn mir jemand an den Kopf fasste. Umso zufriedener war ich eigentlich mit meiner Frisur. Ich konnte sie selbst schneiden. Und das Thema Klamotten war jetzt auch nicht so unbedingt meins. Ich meine, sind wir mal ehrlich. Klamotten müssen ihren Zweck erfüllen. Mehr nicht. Und weniger auch nicht.

Lachend ließ sich Christine auf die Couch in der Küche fallen, schloss die Augen und murmelte: »Endlich wieder zu Hause.«

Ich ließ mich neben sie fallen und ergriff ihre Hand.

»Jetzt erzähl mal, wie ist es dir ergangen? Jemanden heißes kennengelernt? Irgendeinen sexy College Boy?«

Joe setzte Kaffee auf und deckte anschließend den Tisch.

»Ach, frag lieber nicht. Ist eine lange Geschichte. Ich sage nur eins dazu: Schnauze voll von College Boys.«

Sie drückte meine Hand noch einmal, dann schwang sie auf und half Joe, der das Tischdecken unterbrochen hatte und mal wieder mit Herzchen in den Augen an der Küchenzeile gelehnt stand und verliebt sein Handy anschaute. Christine warf mir einen fragenden Blick zu. Ich winkte mit der Hand ab, stand ebenfalls auf und stellte Tassen auf den Tisch.

»Joe, warum hast du für 4 gedeckt?«, fragte Christine und schaute auf unseren Küchentisch.

»Tom ist gleich hier«, murmelte er, ohne den Blick vom Handy zu nehmen und schmunzelnd irgendeine Nachricht zu schreiben.

»Gut, das erklärt dann auch die Fülle an Teilchen.« Ich starrte auf die Kuchenplatte, die ich ausgepackt hatte. »Mein Gott, Joe, wer soll das alles essen?«

Es klingelte. Ich beobachtete Joe, wie er seine Haare versuchte mit den Fingern zu ordnen und dann schnellen Schrittes zur Wohnungstür marschierte.

»Der ist ja total verliebt!«, flüsterte mir Christine zu.

»Ja, stell dir vor, seit gestern Abend.«

Ich füllte den Kaffee in eine Thermoskanne und stellte sie auf den Tisch. Aus dem Flur hörte man ein Schmatzen. Christine kicherte und setzte sich. »Wenigstens einer von uns, der glücklich ist.«

Irgendwie wurde ich das doofe Gefühl nicht los, dass Christine etwas wahnsinnig beschäftigte. Sie sah traurig aus, trotzdem sie versuchte, so oft es ging, zu lächeln. Ich setzte mich zu ihr und goss uns Kaffee ein. »Christine, heute Abend, 20 Uhr in meinem Zimmer. Wir quatschen ein wenig. Ein Mädels-Abend. Joe ist sicher mit Tom verabredet.« Sie nickte lächelnd und wollte gerade etwas erwidern, als wir durch Joe und seine neuste Errungenschaft jäh unterbrochen wurden.

Tom zwinkerte mich kurz an, ehe er mit ausgestreckter Hand auf Christine zuging. »Ich bin Tom.« Christine sah ihn mit weit aufgerissenen Augen an und ließ dann ganz unverblümt den Blick über seinen ganzen Körper schweifen.

»Ich weiß«, murmelte sie und blieb mit ihrem Blick in Toms mittlerer Körperhälfte hängen. Ich räusperte mich. Christine schaute endlich weg. »Ja, also, das ist Christine, sie war ein halbes Jahr in London und hat dort ein Auslandssemester gemacht«, erklärte Joe und sah Christine irritiert an, weil sie weiterhin nur Tom anstarrte.

Nachdem wir alle am Tisch saßen und Joe und Tom endlich das endlose Küssen und Schmatzen eingestellt hatten, begannen wir zu essen. Christine himmelte immer noch Tom an und ich wusste genau, Tom war, zumindest äußerlich, absolut ihr Typ. Wer war mein Typ? Benedikt von Weiden. Äußerlich auf jeden Fall. Nur die inneren Werte schienen nicht so ganz auf das zuzutreffen, was ich für gut befand. Vielleicht aber war sein wahres Inneres wahnsinnig toll und man musste ihn erst näher kennenlernen. Könnte sein. Fakt war, dazu brauchte man nur genau hinsehen, dass ich mit Sicherheit nicht der Typ von Benedikt von Weiden war.

»Hey, hast du gehört, was ich gesagt habe?«

Ich sah Joe ziemlich verdutzt an. »Nein. Ich war … also ich war abwesend. Was hast du gesagt?«

»Wir müssen gleich los. Du weißt ja, Andy hasst nichts so sehr, wie Unpünktlichkeit.«

»Ja, ja.«

»Du, Trina, sei mir nicht böse, aber ich verzieh mich mal auf mein Zimmer. Ihr ruft an, wenn ihr bei Andy fertig seid, ja?«, fragte Christine und war schon aufgestanden.

Ich nickte ihr zu, weil ich nur allzu gut verstand, dass sie nach der Reise mal ihre Ruhe brauchte und auch ich hätte mich am liebsten auf mein Zimmer verkrümelt und den restlichen Tag gar nichts mehr gemacht. Würde ich das versuchen durchzusetzen, würde dies bedeuten, eine ellenlange Diskussion mit Joe führen zu müssen und dazu fehlte mir fast noch mehr die Kraft, als mich bei Andy hinzusetzen und eine neue Frisur über mich ergehen zu lassen. Aber versuchen konnte man es ja mal.

»Mir geht es irgendwie gar nicht gut. Ich habe Kopfschmerzen und die Wunde pocht. Ich glaube, es ist heute keine gute Idee zum Frisör zu gehen.«

Tom rieb sich über das Kinn und murmelte mit halbvollem Mund: »Ich könnte dir ein Mittel spritzen, was schnell die Schmerzen nimmt. Ist kein Problem.«

Joe klatschte in die Hände. »Super, Problem gelöst.«

Ich schüttelte energisch den Kopf. »Ich nehme eine Tablette. Die hilft ja auch.« *Schiefgelaufen. Na toll.*

Tom grinste. »Ich könnte mir aber gleich mal dein Auge ansehen und wir könnten ein schmaleres Pflaster darauf machen. Wie wäre das?«

Ich nickte nur.

Mein Auge, vielmehr die Braue, sah wirklich scheußlich aus und je länger ich mich im Spiegel betrachtete, desto mehr kam mir der Gedanke, alles abzublasen. Ich würde bestimmt einen anderen Job finden und wenn gar nichts ging, so würde ich einfach an einer Kasse in einem Supermarkt arbeiten. Die suchten ja auch ständig Leute. Das Pflaster, was Tom mir auf die Naht geklebt hatte, verdeckte nur die Fäden, die in meiner Braue steckten. Aber der blaue Fleck, der sich halb über meine Stirn, über mein Auge bis hin zur Hälfte meiner Wange zog, war nun mehr als Sichtbar.

»Baby, wir müssen los!«

Ich nickte mir im Spiegel zu, dann drehte ich mich um, verließ das Bad und machte mich mit den Jungs auf den Weg. Von Christine hörte ich nichts mehr.

»Meine Liebe, ich werde dir eine wunderbare Frisur zaubern und ich bin mir sicher, dass du den Job bekommst.« Andy, einer von Joes Freunden, stand lächelnd vor mir, zupfte in meinen Haaren herum und betrachtete mich, als würde er selbst nicht an das glauben, was er da gerade zu mir gesagt hatte.

»Ich gehöre dir. Mach, was du für richtig hältst.«
Was hätte ich auch anderes sagen können? Ich würde
vermutlich die nächsten zwei Stunden in einem unbe-
quemen Frisörstuhl sitzen, permanent angestarrt
werden, weil mein Auge natürlich Aufmerksamkeit
bei jedem, der mich ansah, erregte und mit meinem
Handy spielen. Joe und Tom wollten währenddessen
schon einige Läden absuchen und mögliche Vorstel-
lungsanziehsachen auskundschaften. Ich schüttelte
nur noch unentwegt mit dem Kopf. Aus dieser Nummer kam ich jetzt nicht mehr raus und ich spürte nur
allzu deutlich, dass es begann, mir egal zu werden.
Ich würde jetzt alles machen, was meine Freunde für
richtig hielten, das Gespräch hinter mich bringen und
später, wenn mir dann gesagt wurde, dass ich diesen
Job leider nicht bekommen würde, allen ein ›Siehste‹
ins Gesicht schleudern. Punkt.

Während Andy meine Haare wusch – mit ungefähr
fünf verschiedenen Shampoos – erklärte ich ihm, wie
das mit meinem Auge passiert war.

»Also ganz genau genommen, bist du schuld an
dieser Miesere!«

Andy lachte. »Als Entschädigung mache ich dir einen Super-Preis, verspreche ich dir!« Er packte meinen Kopf in ein Handtuch und nahm mir den Um-
hang ab. Ich setzte schnell meine Brille wieder auf,
stand auf und folgte Andy zu einem anderen Stuhl.

»Oh, Andy, du brauchst keinen Super-Preis zu machen. Im Gegenteil, mach es schön teuer. Joe bezahlt mir die Frisur. Schmerzensgeld, quasi.«

»Ach so ist das. Gut, dass du mir das sagst. Du wirst dich, wenn ich fertig bin, nicht mehr wieder erkennen und Joes Portemonnaie wird um einige Scheine leichter sein.«

Ich wollte mir gar nicht ausmalen, was Andy mit meinen Haaren alles anstellen würde.

Ich zückte mein Handy aus meiner Tasche und konzentrierte mich nur noch darauf. Aber das Zuschnappen der Schere dröhnte in meinen Ohren und es war, als träfe mich jedes Mal ein leichter Stromschlag. Umso erfreuter war ich, als mich eine private Nachricht auf Insta erreichte. Das würde sicher ablenken. Ich musste schmunzeln. Mr.LovaLova.

Mr.LovaLova Geht es dir besser?

Ich überlegte. Eigentlich war es fies von mir, ihn anzulügen. Er fragte ganz ehrlich. Süß irgendwie.

LoverCover94 Ich bin gar nicht erkältet
...

Mr.LovaLova Konnte ich mir denken. Aber, wenn ich ehrlich sein soll, ich auch nicht ☺.

Warum nicht einfach mal die Wahrheit sagen? Also fast …

> **LoverCover94** Ich habe mit meiner Augenbraue eine Türklinke geküsst. Jetzt weißt du es. Und wirklich gut geht es mir nicht, die Wunde wurde genäht, mein Auge ist zugeschwollen, ich wurde von meinem WG-Mitbewohner zum Frisör gezwungen und habe übermorgen ein Vorstellungsgespräch in einem Unternehmen, wo ich äußerlich gar nicht hinpasse …

Ich konnte gar nicht sagen warum, aber irgendwie hatte es ein befreiendes Gefühl, all die Sachen aufzuschreiben, die momentan schieffliefen.

> **Mr.LovaLova** Geht es nicht eigentlich um die inneren Werte, ob man in ein Unternehmen reinpasst, oder nicht? – Das mit deinem Auge tut mir leid.

Ich schüttelte lachend den Kopf. Mr.LovaLova war schließlich auch ein Mann. Und kein Mann konnte mir verklickern, dass ausschließlich die inneren Werte zählten. Das war einfach Fakt. Sah man super gut aus, waren die Chancen höher, genommen zu werden.

> **LoverCover94** Und das sagst du als Mann??? Also das mit den inneren Werten ... *LOL*

> **Mr.LovaLova** Mir scheint, als würdest du immer an die Falschen geraten. Umso mehr ein Grund, dass wir uns mal kennenlernen ☺ Aber mal ehrlich. Es kommt auf die inneren Werte an. Was hat man davon, wenn man super gut aussieht (wobei das ja nun Geschmackssache ist), aber dumm ist .... Wenn du mich fragst, ich würde jemanden bevorzugen, der schlau ist. Privat als auch beruflich!!!

Nach dieser Nachricht war ich mir nun ganz sicher, dass Mr.LovaLova fett war. Fett und hässlich. Aber schlau. Und freundlich. Oder er war ...

> **LoverCover94** Ich denke, da unterscheidest du dich von den meisten Männern. Bist du vielleicht schwul?

Das könnte auch sein. Schwule hatten meist eine sehr weibliche Ader an sich. Mehr Feinfühligkeit. Ich wartete. Aber, wie es aussah, war Mr.LovaLova nicht mehr online. Hatte ich ihn mit der Frage verletzt? War gar nicht böse von mir gemeint. Im Gegenteil. Auch, wenn er nicht schwul war, so wäre dies ein echtes Kompliment. Auf jeden Fall war die Frage, ob er schwul ist, netter, als hätte ich gefragt, ob er fett ist.

Ich wartete noch weitere zehn Minuten, aber Mr.LovaLova antwortete nicht mehr. Vermutlich hatte ich mal wieder den Muffin geschleudert. Wie immer.

*** *Muffin geschleudert: Unter tausend verschiedenen Muffins den einen gebacken, der dafür sorgte, dass Joe an der Kaffeetafel meiner Eltern heulend zusammenbrach, weil es jenes Gebäck war, welches sein Ex-Freund stets für ihn gebacken hatte.* ***

Dass ich inzwischen aussah, als wäre ich ein Bewohner vom Mars, versuchte ich geflissentlich auszublenden. Und ebenfalls die Tatsache, dass die Haare, die ich noch sehen konnte, irgendwie lila waren. Um nicht wieder Gefahr zu laufen, einen Muffin zu schleudern, hielt ich den Mund und ließ Andy weiterhin an meinen Haaren herummachen.

Etwas erleichtert war ich, als die Jungs zurückkamen. Beide grinsend. Joe zog sich einen Stuhl dicht an meinen und sah mich verschwörerisch an, während Tom lächelnd auf der Wartecouch Platz nahm und sich eine der vielen Zeitungen griff.

»Okay, gut. Ich nehme mal an, du wartest auf die eine Frage.«

Joe nickte.

»Habt ihr was für mich gefunden?«

»Haben wir. Wir haben es zurücklegen lassen. Ein traumhaftes Kleid. Die Farbe ist der Oberhammer!«

Ich schnappte nach Luft. »Ich ziehe kein Kleid an! Eine Hose und eine Bluse. Schick genug. Fertig!«

Es gibt Frauen, die können Kleider tragen und sie tun es. Es gibt aber auch Frauen die keine Kleider tragen können, da sie nicht die geeignete Figur dazu hatten und es aus diesem Grunde einfach nicht taten. Ich zählte zu den Zuletzt genannten. Schon als Kind hatte ich mich strikt geweigert, Kleider zu tragen. War einfach nicht mein Style und es stand mir nicht. Es war nicht so, dass ich richtig dick war, doch an manchen Körperstellen fand ich einfach die Speckschicht zu viel, obwohl mein BMI genau in der grünen Traumzone lag. Eigentlich perfekt. Doch fehlte mir etwas an der Oberweite, Körbchen Größe B ist jetzt nicht so unbedingt enorm, dafür hatte sich das, was eigentlich noch meinen Busen füllen sollte, an meinen Hüften niedergelassen. Na ja, man konnte nicht alles haben.

»Sag mal, wo stellst du dich eigentlich vor?« Während Andy fragte, stülpte er eine Haube über meine Haare. Welche Farbe ich nach diesem Termin hatte, wusste ich nicht und ich wollte es auch gar nicht wissen. Jetzt wäre es ohnehin zu spät ein Veto einzulegen.

»Werbeagentur ›Sternenreich‹. In der Stadt.«

Noch einmal rückte Andy die Haube zurecht, dann beugte er sich zu mir runter. »Mit dieser Frisur wirst du garantiert genommen. Verlass dich darauf. Du sagst mir sofort Bescheid, okay? Zwanzig Minuten, dann können wir die Farbe auswaschen und dann zupfe ich dir noch die Augenbrauen ... also, die eine Braue.«

Ich sah ihn entsetzt durch den Spiegel an. »Du zupfst gar nichts! Meine Braue ist gut so, wie sie ist. Fertig.«

Andy schüttelte lachend den Kopf und ging. Ich saß da, die Beine übereinandergeschlagen und starrte mich im Spiegel an. Worauf hatte ich mich nur eingelassen? Ich sah zu den Jungs, die dicht nebeneinander auf der Couch saßen und sich irgendwelche Models in irgendwelchen Zeitungen ansahen, dann sah ich wieder in den Spiegel und verzog das Gesicht zu einer Grimasse. Ich konnte selbst nicht glauben, dass ich dies hier machte.

Nach 5 Minuten die ich nur in den Spiegel gestarrt und ab und zu eine Grimasse gezogen hatte, zückte ich mein Handy. Mr.LovaLova hatte immer noch nicht zurückgeschrieben. Es war der Muffin. Ganz sicher.

Ich schrieb Christine eine Nachricht, dass sie mir bitte zur Hilfe kommen sollte, weil ich langsam aber sicher das Gefühl bekam, Joe flippte völlig aus. Ein Kleid. Christine wusste genau, dass ein Kleid für mich ein absolutes No-Go war. Sie sei in zwanzig Minuten da, ertönte die Antwort auf meine Nachricht. Na wenigstens etwas. Ich steckte mein Handy wieder zurück in meine Tasche und wartete darauf, endlich die Farbe aus meinen Haaren gewaschen zu bekommen. Als Andy dann irgendwann seine Hand auf meine Schulter legte, zuckte ich zusammen.

»So. Jetzt können wir die Farbe auswaschen. Komm mit!« Ich zog mich vom Stuhl hoch und lief hinter Andy her zu den Waschbecken. In mir kribbelte es. Irgendwie war ich jetzt doch gespannt, wie ich mit neuer Frisur aussah. Was es zu bedeuten hatte, als Andy einer der anderen Frisörinnen mit dem Finger zu schnipste, wusste ich nicht. Ich nahm die Brille ab, lehnte den Kopf zurück und ließ das Abwaschen der Farbe und das anschließende Shampoonieren über mich ergehen. Nach unzähligen Wäschen und irgendwelchen teuren Pflegeprodukten für koloriertes Haar, durfte ich endlich aufstehen und wieder meinen alten Platz einnehmen. Zur Verwunderung stellte ich fest, dass über dem Spiegel ein großes Tuch gespannt war. Ich setzte meine Brille auf und starrte auf eine weiße Abdeckung.

»Äh, was soll das?«

»Überraschung!«, sagte Andy und trocknete zuerst meine Haare mit dem Handtuch. Joe und Tom waren inzwischen aufgestanden und schauten beide, den

Kopf schräg gelegt, auf mein Haupt. Joe nickte zufrieden. Ich schüttelte nur noch mit dem Kopf. Dann kam der Föhn. Und eine riesige Rundbürste. Meine Kopfhaut fühlte sich an, als stünde sie in Flammen. Ständig zog Andy die Bürste durch meine Haare, den kleinen Finger hielt er stets abgespreizt. Ich schloss die Augen. Die Naht begann zu pochen und wieder spürte ich einen leichten Kopfschmerz. Als ich Christines Stimme hörte, machte sich Erleichterung in mir breit. Ich öffnete die Augen und versuchte sie anzusehen, was nicht recht funktionierte, weil Andy immer wieder mit dem Zeigefinger meinen Kopf gerade richtete. »Wow! Trina, du siehst toll aus. Total anders.« Christine schlich um mich rum, mit offenem Mund. Joe lächelte zufrieden und Tom nickte mir zu.

»Schön, dass ihr mich alle seht, nur ich mich nicht.«

Endlich stellte Andy den Föhn aus, dann kam wieder die Bürste zum Einsatz, gepaart mit irgendeinem Spray, was mich enorm in der Nase kitzelte. Und dann endlich spürte ich nichts mehr. Fertig.

»Du … du siehst, … also toll aus. Trina! Das ist unglaublich. Du siehst völlig anders aus.« Joe stand vor mir und bekam den Mund nicht mehr zu. Tom passte sich dem Ausdruck Joes an. Christine sprang währenddessen in Andys Arme und küsste ihn auf beide Wangen. »Du bist ein Genie, Andy!«

»So, wenn ihr fertig mit den ganzen Komplimenten seid, wäre es schön, wenn auch ich mich mal im Spiegel sehen könnte!« Ich schaffte es nicht mehr, so sehr ich mich auch bemühte, freundlich zu bleiben. Andy und Joe packten beide das weiße Tuch, was vor dem Spiegel hing und zählten von fünf rückwärts. Bei null fiel es endlich und gerade als ich sagen wollte, sie sollten mit dieser bescheuerten Show aufhören, sah ich mich. Und auch mir klappte der Mund auf.

#sieben

Meine braunen Haare waren von vielen blonden Strähnen durchzogen, ein Stück kürzer und stufig geschnitten. Der Pony war lang geblieben und überdeckte perfekt mein linkes Auge, was gewollt aussah. Ich sah tatsächlich völlig anders aus. Andy wedelte immer wieder mit den Händen durch meine Haare, legte den Kopf mal nach links, dann wieder nach rechts und sah recht zufrieden mit dem Ergebnis aus.

»Kann sich sehen lassen für 190 Euro, oder?«, sagte Andy und grinste.

»Auf jeden Fall. Joe, du musst noch bezahlen!« Ich funkelte Joe an, der die Augen aufriss und dann an Andy herantrat. »Entschuldige, Andy, aber mir war gerade so, als hätte ich die Zahl 190 vernommen.«

»Hast du richtig vernommen, mein Lieber.«

Joe riss die Arme hoch. »Wir, wir sind Freunde!«

»Stimmt. Blöd von mir. Da hast du recht.«

Joe zückte sein Portemonnaie. »Also?«

»Dann 200 Euro.«

Einige Sekunden sah Joe Andy nur bitterböse an, ehe er ziemlich missmutig einige Scheine aus seiner Börse zog und sie dem Frisör hinhielt. Ich klopfte Joe auf die Schulter. »Guter Junge, meine Schmerzen sind schon deutlich schwächer geworden. Jetzt noch Klamotten und ich bin so gut wie schmerzfrei.« Christine lachte laut und doch sah ich in ihren Augen etwas Trauriges. Ich würde sie heute Abend ganz geradeaus fragen, ob sie etwas belastete.

Ich verabschiedete mich noch bei Andy und bedankte mich bei ihm. Dann verließ ich mit Christine den Salon. Joe und Tom folgten kurz darauf.

»Du wirst dieses Kleid, was Tom und ich ausgesucht haben, tragen! Was anderes bezahle ich nämlich nicht mehr und es ist ein echter Schnapper!«

Auf das, was Joe beim Überholen von uns Mädels gesagt hatte, ging ich gar nicht ein. Aber ich spürte, dass die neue Frisur mir dazu verhalf, die Chancen in der Agentur Sternenreich genommen zu werden, auf meiner inneren Skala nach oben schnellen ließ.

Flotten Schrittes liefen Christine und ich hinter den beiden Jungs her, die zielstrebig einen Laden anpeilten, den ich noch nie zuvor von innen gesehen hatte. Im Schaufenster standen schlanke Puppen, die ausschließlich feine Sachen trugen, darunter viele Kleider und Röcke. Ich sparte mir einen Protest, weil ich merkte, dass Joe gar nicht mehr so gut gelaunt war, vermutlich wegen des Preises, den Andy für meine Frisur gemacht hatte. Tom lächelte immer nur.

»Ein toller Laden«, sagte Christine und war zwischen unzähligen Ständern verschwunden. Die Bedienung, eine recht kleine und zierliche Dame, kam auf mich zu, in der Hand hielt sie etwas, dass der Farbe einer Himbeere gleichkam.

»Guten Tag, ihre Freunde haben bereits etwas für Sie ausgesucht.« Sie hielt lächelnd ein Kleid hoch, das ich mir niemals ausgesucht hätte. Lassen wir mal die Tatsache weg, dass es sich tatsächlich um ein Kleid handelte, aber die Farbe …

Just in dem Moment, indem ich dankend abwinken wollte, kam Joe, packte das Kleid und hielt es mir hin.

»Anziehen!«

Die Bedienung ging irritiert. Um Joe wieder milde zu stimmen, schnappte ich mir wortlos die Himbeere und verschwand in einer der Damenumkleidekabinen. Gerade als ich mich entkleiden wollte, machte mein Handy ein Geräusch. Ich setzte mich auf den Hocker, kramte in meiner Handtasche, bis meine Finger ›meinen Freund‹ ertasteten und sah fast schon erleichtert, dass ich eine private Nachricht auf Insta hatte. Mr.LovaLova. Na Gott sei Dank.

Mr.LovaLova Wie kommst du darauf, dass ich schwul sein könnte?

LoverCover94 Weil dir die inneren Werte an einer Frau wichtiger sind, als Äußerlichkeiten. Aber ich bin erleichtert, da du mir die Frage offensichtlich nicht übel genommen hast. Ich dachte schon, ich hätte mal wieder den Muffin geschleudert (ein kleiner Insider) ☺

Mr.LovaLova Also bei mir dürftest du gerne einen Muffin schleudern. Ich liebe Muffins!

Ich musste lachen. Wenn der wüsste, was es heißt, den Muffin zu schleudern. Aber irgendwie fand ich süß, was er schrieb.

LoverCover94 Eine Lieblingssorte?

Ich schreckte hoch, als ich im Augenwinkel ein Gesicht zwischen Vorhang und Wand erkannte. Joe.

»Joe! Du hast mich erschreckt!«

»Jetzt mach mal, wir warten die ganze Zeit. Was machst du denn da?«

Es machte ›Ping‹.

»Die eine Nachricht noch«, murmelte ich und ignorierte Joe völlig.

Mr.LovaLova Weißt du was? Das sage ich dir, wenn wir uns mal treffen. Also,

für den Fall, du bist neugierig, kommst
du jetzt um ein Date nicht mehr rum!
P.S. Das nächste Bild, was ich poste,
gibt dir einen Hinweis ☺
P.P.S. Ich bin übrigens nicht schwul.

Ich musste lachen und wollte gerade zurückschreiben, als Joe mir plötzlich das Handy aus der Hand
riss.

»Jetzt mach mal! Ich bin noch zum Essen verabredet.«

»Mit Tom?«, fragte ich, stand auf, nahm Joe mein
Handy aus der Hand und schubste ihn zurück. Dann
schloss ich schnell den Vorhang, zog mich bis auf die
Unterwäsche aus und streifte das Kleid über. Erneut
setzte ich mich und schrieb Mr.LovaLova zurück.

LoverCover94 Oh, ich bin sehr neugierig. Allerdings glaube ich jetzt schon zu
wissen, welches deine Lieblingssorte
ist!

Lächelnd sah ich mein Handy an und wartete auf
seine Antwort.

Mr.LovaLova Lass hören!

LoverCover94 Da du kein typischer
Mann zu sein scheinst, glaube ich, dass

du diese abgefahrenen Muffins liebst, in denen ein Toffifee steckt. Also etwas mit Karamell und Schokolade. Liege ich richtig?

Mr.LovaLova Hört sich wirklich sehr verführerisch an, aber nein, das sind nicht meine Lieblingsmuffins.

»Trina? Kann ich reinkommen?«, hörte ich Christines Stimme gedämpft.

»Klar.« Ich stand schnell auf und strich das Kleid glatt.

Der Vorhang schob zur Seite. »Wow!« Christine packte mich am Arm und drehte mich im Kreis. Ich hatte nur Gedanken dafür über, was ich Mr.LovaLova noch zurückschreiben konnte. »Nimm das Kleid, Trina! Ich hätte wirklich nicht gedacht, dass du so etwas tragen kannst. Du siehst fantastisch aus. Welche Schuhe dazu?«

Ich setzte mich wieder. »Sneaker.« Und schrieb zurück.

LoverCover94 Dann sind es Schwarzwälder Kirsch-Muffins. Originell, aber trotzdem ein Klassiker!

Mr.LovaLova Die sind wirklich außerordentlich lecker!

LoverCover94 Wusste ich doch. Siehst du, ich kann hellsehen ☺

»Hier!«

Ich sah auf und starrte auf ein Paar Wildlederstiefeletten im gleichen Farbton wie das Kleid. Christine grinste mich an und nickte dabei wild. Ich nahm die Schuhe entgegen und zog sie an. Wieder piepste mein Handy.

Mr.LovaLova Ich habe nicht gesagt, dass das meine liebsten Muffins sind. Hellsehen? Das glaube ich dir nicht. Du kommst um ein Date nicht drumherum. So sieht es aus ☺

»Sag mal, Trina, mit wem schreibst du die ganze Zeit?« Christine hockte sich hin und sah mich fragend an.

»Ach, so ein Typ aus Instagram.«

»Aha. Was ist jetzt? Nimmst du das Kleid und die Schuhe?«

»Ja, ja«, entfuhr es mir, weil ich gerade dabei war, zurückzuschreiben.

LoverCover94 Ich überlege es mir mal. (Ist der Teig dunkel oder eher hell?)

»Ich bringe dann Joe mal die Sachen, die du haben willst. Er bezahlt und geht dann mit Tom. Wir nehmen den Bus, okay?«

»Mmh.«

»Erde an Trina! Hast du gehört, was ich gesagt habe?«

»Joe nimmt den Bus.«

Ich scrollte runter, aber nirgends entdeckte ich einen neuen Post von Mr.LovaLova.

»Ich gebe es auf. Jetzt zieh endlich das Kleid und die Schuhe aus!« Erst als Christine mich am Arm packte, reagierte ich. Ich steckte das Handy widerwillig zurück in meine Handtasche, dann zog ich das Kleid und die Schuhe aus und reichte beides Christine, die sofort eilig die Umkleide verließ.

Nachdenklich zog ich mich wieder an. Wieso schrieb er, dass ich das Bild anschauen sollte, und postete dann keines? Wer war er eigentlich? Ein fetter Instagram-User. Das war er. Fertig.

Ich verließ die Umkleidekabine und hoffte, noch Joe zu treffen, um ihm zu sagen, dass ich mir natürlich die Klamotten selbst bezahle, auch wenn ich mir das nicht unbedingt leisten konnte. Doch ich war zu spät. Joe und Tom waren bereits gegangen. Das Kleid und die Schuhe hatte er bezahlt. Christine stand wartend mit 2 Tüten in der Hand nahe des Ausganges.

»War Joe sauer?«, fragte ich sie, nahm ihr eine der Tüten ab und hob kurz die Hand, um der Bedienung ›Auf Wiedersehen‹ zu sagen. Christine zog mich raus. »Nein, er war nicht sauer. Er wollte sich nur gerne noch fertig machen. Tom und er wollen essen gehen. Scheint ernst zwischen den beiden zu sein.«

Wir schlenderten die Einkaufsstraße entlang.

»Steht unsere ›Biene‹ nicht genau in der anderen Richtung?« Ich blieb stehen und drehte mich um.

»Du hast mir eben nicht zugehört. Ich sagte dir, dass Joe ›Biene‹ nimmt und wir beide mit dem Bus nach Hause fahren. Dieser Instagram-Typ scheint dich ja mächtig aus dem Konzept zu bringen. Wer ist er eigentlich?«

Ich lächelte und überlegte. Ja, wer ist er eigentlich?

»Wir schreiben schon eine ganze Weile. Anfangs immer nur über unsere Bilder, die wir posteten, aber inzwischen ist es etwas privater geworden. Ich weiß nicht, wer er ist. Er ist ein guter Grafiker. Also seine Bilder, die er postet, sehen ziemlich professionell aus. Aber wer er wirklich ist, weiß ich nicht.«

»Warum triffst du ihn nicht mal?«, fragte Christine und setzte sich auf einen der unnachgiebigen Hocker an der Bushaltestelle.

Bestimmt hat er jetzt ein Bild gepostet. So lange braucht man doch eigentlich nicht.

Ich setzte mich neben sie.

»Ich finde ihn unheimlich sympathisch. Wenn ich ihn treffen würde, wäre es nicht mehr so interessant. Ich habe einfach Angst …«

»Dass er nicht gut aussieht?«, beendete Christine den Satz. Ich lachte laut auf.

»Soll ich dir mal was sagen? Er ist fett! Richtig fett!«

»Ach, hast du ihn schon gesehen?«

Ich schüttelte den Kopf. »Nein. In meiner Vorstellung ist er so.«

»Warum?«

Ich zuckte mit den Schultern. »Er sagt so schöne Dinge, da denke ich mir, dazu ist ein gutaussehender, schlanker Mann nicht fähig. Irgendeinen Haken muss er haben. So ist es nun mal.«

Ich war heilfroh, als wir endlich zu Hause ankamen. Christine und ich wollten die Männer-freie Zone ausnutzen, uns Pizza bestellen und einfach mal quatschen. Und für den morgigen Tag nahm ich mir vor, nicht nur alle Informationen über die Agentur zu lernen, sondern auch Tom auszuquetschen, was er über Benedikt von Weiden weiß. Schließlich war ja seine Schwester mit ihm zusammen gewesen. Irgendwelche Details würde Tom also unter Garantie wissen.

Ich nahm meine alte Brille ab und rieb mir über mein gesundes Auge (wobei gesund, bei der schlechten Sehkraft, relativ ist)

»Was ist eigentlich mit deiner Brille?«, fragte Christine und schüttete uns beiden ein Glas Wasser ein.

»Keine Ahnung. Ich weiß gerade nicht mal, wo sie überhaupt ist. Aber die war so kaputt, die kann ich nicht mehr tragen. Und ein neues Gestell kann ich mir auch nicht leisten, also muss jetzt die Alte herhalten.«

Christine lachte. »Du wirst es nicht glauben, aber Hornbrillen sind wieder voll im Kommen. In London tragen viele Hornbrillen. Und die Engländer sind uns ja einen Schritt voraus, was Mode betrifft.«

Gut, das war ja dann ein Vorteil für mich. Eine neue Brille steckte einfach nicht drin und ich wagte zu bezweifeln, dass dies nächsten Monat besser aussah.

Wir wollten uns beide noch auf unseren Zimmern ausruhen und in einer Stunde Pizza bestellen. Inzwischen hatten wir halb 6 am Abend und der Tag hatte Spuren bei uns beiden hinterlassen. Wir waren müde und ausgelaugt. Christine von ihrer Reise und ich von der Verwandlung, die ich durchmachen musste. Da fiel mir ein, dass ich zum Outfit ›Ja‹ gesagt hatte. Zu einem Kleid. Zu einer Himbeere. Ich schüttelte den Kopf und ging mit den Tüten auf mein Zimmer. Ich ließ mich aufs Bett fallen und starrte die Decke an. Wieso hatte Mr.LovaLova kein Bild gepostet? Ich holte mein Handy aus meiner Handtasche und tippte auf Insta. Immer noch kein Post. Seltsam.

LoverCover94 Hat dich der Mut verlassen, aus Sorge, ich könnte durch dein gepostetes Bild tatsächlich erkennen, welche deine Lieblingssorte ist?

Ich drehte mich auf den Bauch und starrte mein Handy an. Mr.LovaLova war nicht online. Erneut gab ich sein Profil an, doch er hatte definitiv kein Bild gepostet. Enttäuschung machte sich in mir breit und gleichzeitig ärgerte ich mich darüber, so auf dieses Foto zu warten. Schluss jetzt.

Ich legte mein Handy auf meinen Nachttisch, stand auf und schüttete die beiden Tüten aus. In der einen war nicht nur das Kleid, sondern auch noch ein Tuch, was man sich um den Hals binden konnte. Ich lächelte. Das war Joe. Er hatte immer noch eine Überraschung im Ärmel, die man dann sah, wenn man gar nicht damit rechnete.

Fakt war, jetzt hatte ich ein Kleid, obwohl ich gar keine Kleider trug. Und wer hatte Schuld an dieser Tatsache? Mr.LovaLova. Ich war abgelenkt gewesen und hatte, weil ich so vertieft in seine Nachrichten war, zu allem Ja gesagt. Ich zog den Karton mit den Schuhen hervor und öffnete ihn. Hochhackige Wildlederstiefeletten ebenfalls in Himbeere. Ich trug nie hochhackige Schuhe. Ich konnte auf solchen Dingern gar nicht laufen.

Nachdenklich zog ich mich aus, darauf bedacht, meine neue Frisur nicht zu zerstören – wobei sich das in der Nacht ohnehin erledigt hätte – und streifte das Kleid über. Dann zog ich, auf der Bettkante sitzend, die Schuhe an. Vorsichtig stand ich auf und stellte mich vor meinen großen Spiegel. Ich drehte mich etwas und versuchte, mich von hinten zu sehen. Ich sah nicht schlecht aus. Das Kleid zauberte eine fantastische Figur und die Schuhe machten enorm lange Beine. Das Kleid reichte mir bis zu den Knien und die Ärmel waren ¾ lang. Es schmiegte sich alles an den Körper. Es war sehr körperbetont, und trotzdem ich mir immer wieder sagte, ich sei zu dick für enganliegend, so gefiel es mir wirklich gut. Wackelig ging ich zum Bett und holte den Schal. Definitiv musste ich üben, auf diesen Schuhen zu laufen. Das Tuch, was mir Joe noch gekauft hatte, gefiel mir auf Anhieb. Es war relativ bunt, wobei die Farbe des Kleides auch enthalten war und aussah, als sei es Teil des Outfits. Erneut stellte ich mich vor den Spiegel, zog den Seitenscheitel noch mal richtig über mein Auge und betrachtete mich. Ich sah zwar nicht annähernd so gut aus, wie der Headset-Engel, aber mit diesen Klamotten passte ich optisch wenigstens ein bisschen mehr in die Werbeagentur. Es klopft.

»Kann ich reinkommen?«, hörte ich Christines gedämpfte Stimme.

»Klar!«

»Das steht dir richtig gut, Trina. Du solltest öfter Kleider tragen! Pass auf, mit dem Outfit bekommst du den Job ganz sicher.«

Ich nickte Christine, die sich aufs Bett gesetzt hatte, nachdenklich zu, ehe ich wieder in den Spiegel sah.

»Mr.LovaLova sagt, es käme nicht aufs Äußere an, sondern auf die inneren Werte.«

»Der ist bestimmt schwul.«

Ich ließ mich lachend neben sie aufs Bett fallen.

»Ich habe ihn das gefragt. Ich habe geschrieben, dass es ungewöhnlich wäre, von einem Mann zu hören, es käme auf die inneren Werte an. Schon eigenartig mit dem. Hört sich alles sehr nett an.«

»Diese Insta-Bekanntschaft von dir? Und, ist er schwul?«

Ich schüttelte den Kopf. Einige Sekunden herrschte Stille zwischen uns. Ich dachte an Mr.LovaLova und Christine …

»Jetzt erzählst du aber mal, wie es dir in London ergangen ist. Wissen deine Eltern eigentlich, dass du wieder im Lande bist? Die haben sich ja noch gar nicht gemeldet.«

Ich sah Christine fragend an, während ich die Schuhe auszog und neben das Bett stellte.

»Meine Eltern denken, ich würde erst nächste Woche wiederkommen.« Sie ließ sich zurückfallen und starrte an die Decke. Ich zog mein Kleid aus, hängte es in den Schrank, schlüpfte in meine Sexbremse, zog meinen Kapuzenpullover an und legte mich neben sie.

»Du hast jemanden kennengelernt, oder?«

Ich drehte den Kopf zur Seite und schaute meine Freundin an. Es dauerte nicht lange und ihre Augen füllten sich mit Tränen.

»Ja. Einen Vollidioten habe ich kennengelernt. Es ist vorbei. Er hat sich schnell mit einer anderen getröstet. Ich habe sie gesehen. Am letzten Abend. Wir wollten essen gehen. Und dann steht er da mit der Rothaarigen und küsst und umarmt sie.«

»Scheiße«, entfuhr es mir. »Wie heißt er denn?«

»Collin.«

Ich sprang lachend vom Bett auf. Christine schaute mich entgeistert an. »Was machen wir, wenn wir Beziehungsstress haben?«

Sie wischte sich die Tränen aus dem Gesicht und nickte. »Pizza und anschließend Tequila. Ich bin dabei!«

#acht

Mit wahnsinnigen Kopfschmerzen wurde ich am nächsten Mittag wach. Ich schälte mich aus dem Bett, darauf bedacht, meinen Kopf nicht allzu sehr zu bewegen und schlich in die Küche. Nahezu blind griff ich die Packung mit den Schmerzmitteln, drückte gleich zwei davon heraus, warf sie in den Mund und spülte mit Leitungswasser nach.

Christine und ich hatten es vollbracht, die Flasche Tequila, von der erst ¼ getrunken worden war, zu leeren. Dementsprechend fühlte ich mich mehr als schlecht und die Vorstellung, morgen früh um 10 Uhr bei dem attraktiven, eingebildeten, mit einem unbeschreiblich schönen Lächeln - Benedikt von Weiden sitzen zu müssen und zu beweisen, dass ich durchaus jemand war, der sich für sein Unternehmen interessierte, verlieh mir eine Gänsehaut. Die nächsten 3 Stunden wäre ich sicher nicht in der Lage, irgendetwas aufzunehmen, wortwörtlich gemeint.

Von Joe und auch von Christine vernahm ich nichts. Ich huschte zur Toilette, erledigte, was zu erledigen war und legte mich danach, bei völliger Dunkelheit wieder ins Bett.

Es traf mich wie ein Stromschlag, als meine Jalousien in einer beachtlichen Geschwindigkeit nach oben schnellten, Tageslicht mein gesundes Auge traf und Joes nicht gerade freundliche Stimme ertönte.

»Wir haben 17 Uhr! Du hast morgen früh ein Vorstellungsgespräch! Hast du dich vorbereitet?«

Ich zog die Decke über meinen Kopf und hauchte: »Geh weg!«

Joe packte meine Bettdecke und zog sie von mir runter. »Steh jetzt auf! Tom ist extra mitgekommen, um dir ein paar Tipps zu geben.« Er setzte sich auf meine Bettkante und streichelte über mein Bein. »Ich setze dir jetzt mal einen starken Kaffee auf!« Er haute mir locker auf den Hintern, stand auf und marschierte in die Küche. Kurze Zeit später hörte ich die Kaffeemaschine rattern. Blind tastete ich auf meinen Nachttisch herum, bis ich meine alte Brille fand. Ich setzte sie auf und öffnete vorsichtig die Augen. Kopfschmerzen hatte ich immer noch, mir war schwindelig und schlecht. Wie ein Geist schlich ich in die Küche. Am Tisch saßen Joe, Tom und noch ein Geist. Christine. Sie hatte den Kopf in ihren verschränkten

Armen liegen und kurz glaubte ich, sie schlief. Langsam hob sie den Kopf.

»Wie geht es dir?«, fragte sie mit rauer Stimme.

»Mmh.« Zu mehr Äußerungen war ich nicht in der Lage. Ich setzte mich. Tom lächelte, wie eigentlich immer. Dann schob er uns zwei Gläser mit einer milchigen Flüssigkeit entgegen.

»Was ist das?«, fragte ich, während Christine einfach das Glas nahm und in einem austrank.

»Trink. Danach geht es dir besser.«

Joe befüllte unsere Kaffeebecher und stellte sie auf den Tisch. Ich tat es Christine gleich, denn die Vorstellung, dass mir dieses Getränk dazu verhalf, dass es mir besser ging, war sehr verlockend. Geschmacklich hätte ich es am liebsten postwendend wieder ausgebrochen. Einige Minuten herrschte Stille am Tisch. Christine und ich warteten förmlich darauf, dass es uns spürbar besser ging und glücklicherweise trat dieser Effekt tatsächlich nach nur kurzer Zeit ein. Und der heiße Kaffee von Joe (er neigt dazu, ihn eigentlich immer zu stark zu machen) tat sein Übriges.

Tom räusperte sich plötzlich. »Trina, ich wollte dir noch einige Tipps geben, wie du bei Ben auf jeden Fall gut landest!«

»Lass hören!«, sagte ich. Christine stand auf und ging auf ihr Zimmer.

»Also, wenn du anderer Meinung bist als er, findet er das großartig. Er mag keine Menschen, die ihm nach dem Mund reden. Dann, was ich auch noch weiß, er mag keine Tussis!«

»Was meinst du mit Tussis?«

»Aufgesetzte Frauen, die nur auf ihr Äußeres bedacht sind. Aber, schicke Kleidung findet er gut. Frauen, die sich nicht legere kleiden.«

»Dicke Lippe«, flüsterte ich mehr zu mir selbst, als das es für alle anderen am Tisch gedacht war.

»Was meinst du mit ›Dicke Lippe‹?«, fragte Joe.

»Ach, da war so eine Mitstreiterin, die ziemlich aufgetakelt war. Minirock, aufgespritzte Lippen und ich glaube, den Busen hat sie sich auch machen lassen. So ein richtiges Weibchen. Ich hätte schwören können, dass die in jedem Fall den Job kriegt. Nach kurzer Zeit kam sie heulend aus dem Büro von Ben. Demnach denke ich mal, sie hat den Job nicht bekommen.« Ich drehte mich etwas zu Tom. »Wäre es seltsam von mir, dich um ein Foto deiner Schwester zu bitten? Ich wüsste gerne, wie sie aussieht. Also, auf was Ben so steht.«

Tom lachte laut auf. »Komm ich zeig dir meine Schwester.« Er nahm sein Handy, tippte kurz darauf rum und hielt es mir dann hin. Ich nahm es und sah eine sehr hübsche dunkelhaarige Frau, lachend an einem Strand sitzen. Auf dem Kopf hatte sie einen übergroßen Hut auf. Sympathisch sah sie aus. Sehr.

»Sehr hübsch.«

»Zeig mal«, sagte Joe. Ich gab ihm Toms Handy.

»Aber warum ist die Beziehung auseinander gegangen?«

Tom wurde ernst. »Es hat einfach nicht mehr gepasst. Ich weiß, dass es meine Schwester enorm gestört hat, dass sie Ben immer unterstützen musste, selbst hat er aber nie mal auf Mia Rücksicht genommen. Und ich denke, der Altersunterschied war auch zu groß. Mia war gerade 19, als sie zusammen gekommen sind. Und Ben war 30. Das konnte irgendwie nicht gut gehen.«

»Der hat bestimmt immer den Ton angegeben, oder?«, fragte Joe und ich war dankbar dafür. Irgendwie war es mir unangenehm, Tom so über private Dinge auszuquetschen. Im Grunde hatte mein Vorstellungsgespräch ja nicht wirklich was mit den privaten Belangen von Benedikt von Weiden zu tun.

»Ja, ja, der ist schon ziemlich herrschsüchtig und ich glaube, treu war er auch nicht. Aber Mia hat da nie drüber gesprochen. Na ja, Hauptsache, meiner Schwester geht es jetzt wieder gut. Die hat richtig gelitten.«

»Das tut mir leid. Ist ja auch eigentlich egal. Ich stelle mich morgen noch mal vor und entweder mag er meine Arbeiten oder nicht. Fertig. Sollte ja auch nicht unbedingt darauf ankommen, wie ich aussehe. Die inneren Werte sollten stimmen, richtig?«

Beide Jungs nickten.

Ich dachte an Mr.LovaLova. Hatte er inzwischen ein Bild gepostet? Weil ich so sauer auf ihn war, hatte ich gestern Abend, als ich mit Christine zusammen gegessen und getrunken hatte, bewusst mein Handy ausgeschaltet. Aber jetzt war schon ein ganzer Tag vergangen. Ich stand auf. »Ich mach mich mal ein bisschen frisch. Seid ihr heute Abend noch hier? Musst du nicht arbeiten, Tom?«

»Wir haben uns beide heute und morgen freigenommen«, strahlte Joe und küsste Tom auf die Wange. *Mann, war der verliebt.*

Ich hob die Hand und ging auf mein Zimmer.

Gedankenlos nahm ich mein Handy und schaltete es an. Erfreut sah ich eine private Nachricht, die ich auf Insta hatte, Kommentare unter meinen Bildern interessierten mich gar nicht mehr.

Na sieh an, Mr.LovaLova hatte geschrieben.

> **Mr.LovaLova** Entschuldige, ich hatte etwas Stress auf der Arbeit. Zu viel zu tun momentan.

> **Mr.LovaLova** Ein Muffin-Bild habe ich gepostet ☺ Vielleicht errätst du es jetzt!

> **Mr.LovaLova** Hallo? Was ist mit #LikeforLike???

Alle Nachrichten waren von gestern. Als Erstes schaute ich mir sein gepostetes Bild an. Ein Farb-Mix leuchtete mir entgegen, alle Farben liefen ineinander über. Orange größtenteils, blau, braun ... der verarscht mich doch. Es gibt keinen Muffin mit diesen Farben. Und ich war, laut Joe und Christine jedenfalls, ein absoluter Muffin-Experte! Ich likte das Bild und überlegte ernsthaft, ob ich ihn noch zappeln lassen sollte oder nicht. Eigentlich konnte er ja nichts dafür, dass er so einen Stress auf der Arbeit hatte.

> **LoverCover94** Mein Lieber, ich glaube, Sie wollen mich hinter das Licht führen. Mir ist nicht bekannt, jemals einen Muffin mit dieser Farbkombination gesehen zu haben.

Ich setzte mich lächelnd aufs Bett, weil ich sah, dass er online war. Nur kurzer Zeit später erschien eine Nachricht von ihm.

> **Mr.LovaLova** Ich würde Sie niemals hinter irgendein Licht führen, es sei denn, Sie bestehen darauf. Also, Vorschläge, um welche Art Muffin es sich handelt? Wenn nicht, dann steht einem Treffen nichts mehr im Wege ☺

LoverCover94 Um ordentlich zu arbeiten, bräuchte ich etwas Zeit. Die Farben sind richtig?

Mr.LovaLova Selbstverständlich sind die Farben richtig. Ich will Sie ja nicht hinters Licht führen ;-)

Erneut sah ich mir das Bild an. Im Grunde fand man alle Farben. Hätte er beige und braun überwiegend gehabt, hätte es ein klassischer Marmor-Muffin sein können. Aber orange war auch enthalten und blau und grün … ich fand sogar die Farbe Lila … das gibt es doch gar nicht.

LoverCover94 Ich brauche Bedenkzeit.
P.S. Sie verarschen mich doch! Ich bin Muffin-Experte!!!

Mr.LovaLova Ich schau dann schon mal nach einem Termin für unser Treffen!
P.S. Es gibt in der Stadt ein tolles Café, die unzählige Muffins herstellen!!! ☺

Ich legte das Handy lächelnd zur Seite. Seltsamer Typ. Seltsam aber interessant. Beruflich als auch privat zählten für ihn mehr die inneren Werte. Eigentlich die Option für einen absoluten Traummann. Meist ist es aber so, dass nur diejenigen solche Äußerungen bringen, die selbst darauf hoffen, dass man bei ihnen auch mehr auf die inneren Werte schaute. Ich war wirklich inzwischen regelrecht neugierig darauf, wie er aussah. Vielleicht sollte ich deshalb einem Treffen zustimmen. Ein Frauenmörder war er sicher nicht. Und wenn man sich in einem Café treffen würde, wäre man ja nicht allein.

Ich schüttelte schnell den Kopf. Das war gegen meine Prinzipien. Ich treffe keine Menschen, die ich auf irgendeiner sozialen Plattform kennengelernt hatte, wobei das Wort ›kennen‹ so auch nicht richtig ist. Man kennt sich nicht. Man schreibt nur miteinander und postet Bilder, die nur selten der Realität entsprechen.

Ich zog mir bequeme Sachen an und ging ins Bad, um mich ein wenig frisch zu machen. Wenn ich an den morgigen Tag dachte, kribbelte es in meinem Magen, was nach unserem Besäufnis gestern Abend nicht unbedingt gut kam.

Nachdem ich den Pelz auf meiner Zunge mit scharfer Zahnpasta vertrieben hatte, klopfte ich leise an Christines Zimmertür.

»Komm rein«, hörte ich sie relativ fröhlich sagen.

Christine lag auf ihrem Bett mit Handy in der Hand und schrieb. Ich setzte mich zu ihr.

»Dein Freund aus London?«

Sie lächelte und nickte dabei. »Warst du nicht sauer auf ihn?«

»Ja, war ich. Aber ich drehe den Spieß um. Was der kann, kann ich auch. Tom war so nett und hat sich zur Verfügung gestellt. Und dann habe ich Collin ein Foto mit uns geschickt.« Ich klopfte meiner Freundin auf die Schulter und stimmte ihr absolut zu.

»Und? Was macht dein Insta-Typ?«, fragte sie und legte das Handy zur Seite.

Ich zuckte mit den Schultern. »Ach, nichts Besonderes. Ich glaube, der verarscht mich, weil er sich unbedingt mit mir treffen will. Der ist richtig hartnäckig.«

»Du solltest dich ohnehin lieber auf das Vorstellungsgespräch morgen konzentrieren. Wann muss du denn da sein?«

Ich strich mir über die Stirn und zuckte zusammen, als ich an die Naht kam. »Um 10 Uhr. Ich darf noch gar nicht daran denken. Mir wird richtig schlecht.«

Christine kickte mich mit der Schulter an. »Also, ich habe den Herrn von Weiden mal gegoogelt. Mir würde bei diesem Anblick nicht schlecht. Der sieht genauso gut aus wie Tom.«

Ich ließ mich zurückfallen. »Ach, was wäre das schön, wenn du für mich hingehen könntest. Aber gut aussehen tut er wirklich. Wenn der nicht so eingebildet wäre, wäre er der perfekte Mann.«

Christine ließ sich neben mich fallen. »Vielleicht ist er der perfekte Mann. Vielleicht ist das alles nur Fassade. Wer weiß. Finde es heraus!«

Ich erhob mich wieder. »So, ich muss noch ein Cover für eine schwierige Kundin fertigstellen. Und außerdem noch mal die Homepage von Herrn Weiden studieren, damit ich morgen wenigstens etwas weiß.«

»Gyros heute Abend?«, fragte sie und schlang ihre Bettdecke um sich. Sie hatte es gut. Sie musste gar nichts mehr machen.

»Gerne. Schau mal, wie viel noch in der Haushaltskasse ist und frag die zwei Turteltauben, ob sie mit essen möchten.« Nebenan hörte man Joe und Tom kichern und ich meinte, ab und zu das Bett quietschen zu hören.

»In einer Stunde in der Küche, ja?«, fragte Christine und hatte wieder das Handy in der Hand. Ich wagte zu bezweifeln, dass sie mein ›Okay‹ gehört hatte. Ich machte mich auf den Weg in mein Zimmer und nahm mir fest vor, mein Handy links liegenzulassen und endlich mit den Sachen zu beginnen, die wirklich wichtig waren: Cover für die Kundin zu fertigen und Agentur Sternenreich zu studieren.

Ich band mir meine Haare hoch, setzte mich an den Schreibtisch und schaltete den Computer an. Zuerst wollte ich das Cover fertig machen, schließlich würde ich daran knapp 300 Euro verdienen, und auch wenn ich über die Jahre immer wieder gespart hatte, so wurde nun das Geld knapp. Umso mehr drückte ich mir die Daumen, Benedikt von Weiden von mir überzeugen zu können. Dann hätten zumindest die Geldsorgen ein Ende.

Ich hatte die Zeit völlig vergessen und erschrak, als Christine an meine Zimmertür klopfte und sofort eintrat.

»Gyros ist da. Wir warten alle auf dich!«

»Ich komme. Ich schicke der Kundin nur das finale Cover und die Rechnung. Fangt ruhig schon mal an.«

Nach weiteren 10 Minuten war ich endlich fertig und hoffte, dass mein Gyros nicht all zu kalt war. Joe, Tom und Christine saßen am Tisch und hatten mit dem Essen auf mich gewartet. Ein Bier zum Essen lehnten Christine und ich dankend ab und entschieden uns stattdessen für ein simples Mineralwasser.

Völlig übersättigt lehnte ich mich nach dem Essen zurück, fasste an meinen Bauch und schloss die Augen. »Ich bin pappsatt. War aber auch wieder mal super lecker. Das Tsatsiki von Costa ist einfach das Beste.« Ruckartig schnellten meine Lider nach oben und ich bemerkte gleich, dass es allen anderen am Tisch ebenfalls so erging. Nur mein Gesichtsausdruck reichte und Christine und Joe diskutierten wild, was man gegen Mauldampf machen konnte.

*** *Mauldampf: Insbesondere dann, wenn man Costas Tsatsiki gegessen hat und man selbst nach drei Tagen noch genau riecht, was man vor drei Tagen gegessen hat. Kein* *anderes Essen verursacht so einen starken Mauldampf, wobei Maul hier noch gelinde ausgedrückt ist, man riecht aus jeder Pore nach Knoblauch.* ***

»Milch! Du musst ein Glas frische Milch trinken!«, schrie Joe, sprang auf und hechtete zum Kühlschrank, um die Milch zu holen.

»Erst Minze kauen. Minzblätter«, sagte Christine nickend.

»Okay, hast du Minzblätter?« Ich sah sie verzweifelt an und hauchte dabei in meine Hand.

»Nein.«

Joe stellte mir währenddessen ein Glas Milch vor die Nase und ich spürte gleich, würde ich dieses Glas leeren, ich müsste mich übergeben. Der Einzige, der mal wieder grinsend, mit verschränkten Händen hinter dem Kopf, da saß, war Tom. Ich sah ihn ziemlich verzweifelt und fragend an.

»Du kannst nichts machen. Du wirst morgen nach Knobi riechen, und zwar nicht zu knapp. Fertig.«

Joe setzte sich wieder an den Tisch und schüttelte nur den Kopf. Ich hatte schlicht die Tatsache verdrängt, dass ich morgen ein Vorstellungsgespräch hatte. Natürlich sollte man dann am Abend zuvor keinen Gyros von Costa essen. Nur ein Idiot würde das machen. Meine innere Skala sank erneut gegen null.

»Du isst morgen einfach ganz viele von den Pfefferminzbonbons. Die aus Holland. Das wird schon klappen«, flüsterte Christine und man hörte genau heraus, dass sie der Meinung war, es würde natürlich nicht klappen. Super. Jetzt passte alles – Haare und Outfit – und dann versaute mir das Tsatsiki doch alles.

Ich stand wortlos auf, marschierte ins Badezimmer und putzte mir gefühlt eine halbe Stunde lang die Zähne, wobei ich immer wieder einen neuen Streifen Zahnpasta auf die Bürste drückte, damit es so scharf wie möglich wurde. Anschließend verabschiedete ich mich von allen, die immer noch in der Küche saßen und darüber diskutierten, was man gegen Mauldampf machen konnte und ging in mein Zimmer. Ich ließ mich auf Bett fallen und nahm mein Handy.

> **LoverCover94** Hilfe!!! Kennst du einen Trick, wie man verhindert, nach Knoblauch zu riechen?

Mr.LovaLova war online.

> **Mr.LovaLova** Ja! Keinen essen!

Super Tipp …

> **LoverCover94** Und wenn man schon gegessen hat?

> **Mr.LovaLova** Sich denken, dass Knoblauch sehr gesund ist ☺

Kopfschüttelnd schaltete ich mein Handy aus, zog mir einen Schlafanzug an (Zweiteiler, den Strampelanzug mochte ich nach dem Unfall irgendwie nicht mehr), nahm mein Tablett zur Hand und legte mich ins Bett.

Genau eine Stunde schaffte ich es, mir die Homepage von Sternenreich anzuschauen und zu studieren, ehe mir die Augen zufielen.

#neun

Mit einem Pelz auf der Zunge wurde ich am nächsten Morgen vom Klingelton ›Vogelgezwitscher im Wald‹ wach. Und als mein Gehirn fähig war, zu denken, leuchtete das Wort Vorstellungsgespräch direkt neben dem Wort Mauldampf dick auf. Ruckartig setzte ich mich hin. Ich musste versuchen, mich auf dem Stuhl soweit es ging nach hinten rutschen zu lassen, um möglichst einen großen Abstand zum Chef zu haben. Zusätzlich würde ich mir zwei von den holländischen Minzbonbons in beide Backentaschen stecken. Und ich würde viel, um nicht zu sagen, sehr viel Deo und Parfüm benutzen. So müsste es funktionieren. Ich rieb mir mit beiden Händen durchs Gesicht, stoppte aber, als ich mal wieder an die Naht auf meiner Braue kam. Konnte man die Fäden nicht einfach ziehen? Ich setzte meine Brille auf, schlich zur Tür, öffnete und wurde von lautem Gelächter und ›Du schaffst das, Baby‹ - Rufen begrüßt. Joe, Tom und Christine hatten den Frühstückstisch gedeckt. Überall lagen Kleeblätter aus Holz zur Dekoration auf dem Tisch, zudem war mein Teller mit Motivationskärtchen gefüllt. Auf jeder Karte stand ein Satz.

»Ihr seid ja verrückt! Was würde ich ohne euch nur machen.« Joe schob meinen Stuhl zurück, damit ich mich setzen konnte.

»Du würdest nichts ohne uns machen, deswegen gibt es uns ja. Und jetzt lass dich von den Motivationskärtchen berieseln. Du bist heute der Bestimmer.«

*** *Der Bestimmer: Man darf einen Tag lang alles bestimmen. Angefangen vom Essen, über Fernsehprogramme und anderen Aktivitäten. Das letzte Mal war Joe Bestimmer. Das war, nachdem ich den Muffin geschleudert habe.* ***

Wenn man bei uns in der WG Motivationskärtchen bekam, war es so üblich, alles laut vorzulesen. Manche regten durchaus zum Nachdenken an, manche waren aber auch so peinlich, dass man unweigerlich rot beim Vorlesen wurde. Aber, Regel war Regel.

Alle starrten mich an. »Na schön. Okay.« Ich legte alle Karten übereinander, nahm den Stapel in die Hand und mischte sie. Dann las ich vor.

»Du rockst den Laden!« Alle klatschten in die Hände (auch üblich bei uns).

»Du bist ein sexy Bunny!«

Klatschen.

»Träume nicht dein Leben, sondern lebe deinen Traum!« Ich sah auf und warf meiner Freundin einen Luftkuss zu.

»I´m sexy and I know it …«

Klatschen

»Du riechst gut … trotz Mauldampf!«

Klatschen.

»Der kürzeste Weg zwischen zwei Menschen ist ein Lächeln.«

Klatschen. Wieder warf ich Christine einen Kuss zu.

»Deine Kurven bringen jeden um den Verstand.« Peinlich …

Klatschen.

»Yes … she can! Aber nicht mit der Strickjacke!«

Klatschen.

»Willst du ein noch schmaleres Pflaster auf deiner Braue haben?«

Ich schmunzelte und schaute Tom an. »Gerne.«

Glücklicherweise war dies die letzte Motivationskarte gewesen und wir konnten mit dem eigentlichen Frühstück beginnen. Christine versprach mir, mich zur Agentur hinzufahren und auch wieder abzuholen. Ob das so von Vorteil war, wusste ich nicht. Mit Christine Auto zu fahren, barg immer einer gewissen Gefahr. Wenn sie sich über irgendeinen anderen Verkehrsteilnehmer aufregte, dann richtig. Einmal hätte sie sogar fast eine Anzeige bekommen.

Als wir alle satt waren, stand Joe grinsend auf, ging in sein Zimmer, kam wieder und überreichte mir ein kleines Geschenk.

Ich nahm es irritiert entgegen. »Was ist das?«

»Mach es auf!«, wies Joe an. Christine und Tom grinsten ebenso wie Joe. Ich öffnete das Päckchen und schüttelte mal wieder nur mit dem Kopf. Dann sah ich Joe an. »Du hast genug Schmerzensgeld bezahlt, Joe.« Ich bestaunte meine Brille, die Joe reparieren lassen hatte. »Christine meint, Hornbrillen seien wieder voll im Trend.«

»Ist auch so! In London trägt jeder eine. Selbst die, die eigentlich gar keine Brille brauchen.«

Ich setzte meine alte Brille ab und zog die neue an. Sie saß fast perfekt.

»Beim Optiker meinten die, wenn sie nicht passt, müsstest du noch mal vorbeikommen«, sagte Joe, verschränkte die Arme hinter dem Kopf und sah mich schmunzelnd an. Ich fühlte mich wohl mit dem Nasenfahrrad, auch wenn ich merkte, dass ich diese Brille öfter mit dem Zeigefinger nach oben schieben musste, weil sie doch etwas lockerer saß, als vor dem Unfall.

»Ich will ja nicht drängen, aber so langsam müssten wir mal anfangen, dich fertigzumachen«, sagte Christine und zeigte auf die Uhr. Eine gute Stunde hatte ich noch Zeit, dann müssten wir losfahren. »Okay, ich gehe flott duschen.«

»Mach das nicht!«, sagte Tom mit einem Mal. »Beim Duschen öffnen sich die Hautporen und riechst noch mehr nach Knoblauch!«

Na super. Also doch nur Deo und Parfum …

»Hast du das Portfolio neu zusammengestellt?« Joe sah mich fragend an und hielt Verpackungen in der Hand, die für den Kühlschrank bestimmt waren. Scheiße … an das Portfolio hatte ich gar nicht gedacht.

»Vergessen.« Noch bevor ich in der Lage war, aufzustehen und mich darüber massiv zu ärgern, stand Christine auf und klatschte laut einige Male in die Hände.

»Arbeitseinteilung! Tom, du kümmerst dich um das schmalere Pflaster, ich mich um die Schminke und Joe macht das Portfolio fertig. Trina, du ziehst dich zuerst an. Und los!«

Ich stand hektisch auf und wusste im ersten Moment gar nicht, was ich überhaupt tun sollte. Erst als Christine nicht gerade leise das Wort ›Anziehen‹ in einem recht herrschsüchtigen Ton aussprach, bewegte ich mich in mein Zimmer, knallte die Tür zu, zog meinen Schlafanzug aus und kramte in meinem Schrank nach Unterwäsche, die wenigstens etwas sexy war, weil auch das einem das Gefühl gab, unwiderstehlich zu sein. (Auch wenn Benedikt von Weiden vermutlich niemals in den Genuss käme, meinen Schlüpfer und meinen BH zu sehen.)

Nachdem ich endlich fündig wurde – und der BH war so gütig, etwas mehr zu zaubern, als man eigentlich hatte – streifte ich die Himbeere über meinen Kopf. Just in dem Moment, indem ich mich im Spiegel betrachten wollte, machte mein Handy ein Geräusch. Ich schnappte es mir und sagte mir selbst, nur zu lesen und nicht etwa auf eine Nachricht zu antworten. Als ich sah, dass Mr.LovaLova mir wieder privat geschrieben hatte, setzte ich mich grinsend aufs Bett.

> **Mr.LovaLova** Guten Morgen, ich wünsche dir viel Erfolg beim Vorstellungsgespräch. Wenn derjenige, bei dem du dich vorstellst, nur ein bisschen Ahnung von Design hat, bin ich mir ganz sicher, dass du genommen wirst!

Ich ließ mich aufs Bett fallen und schrieb lächelnd zurück.

> **LoverCover94** Guten Morgen. Vielen Dank für die lieben Worte! In meiner WG wärst du genau richtig. Meine Freunde haben heute Morgen für mich Motivationskarten gemacht. Deine Worte wären prädestiniert für eine Karte gewesen!

Es klopfte, kurz darauf ging die Tür auf. Tom. »Kommst du dann ins Bad?« Er hielt fragend ein dünnes Pflaster in die Luft und wurde von Joe nach vorne geschubst, der hektisch in der Mitte meines Zimmers zum Stehen kam, sich die Hände rieb und auf meinen Computer starrte.

»Während ihr im Bad seid, kümmere ich mich um das Portfolio.«

Ich stand vom Bett auf und obwohl ich gerne, weil mein Handy wieder ein Geräusch machte, geschaut hätte, was Mr.LovaLova noch geschrieben hatte, ließ ich es auf dem Bett liegen, folgte Tom, der schon vorgegangen war und rief Joe zu: »Du nimmst nicht das Cover mit der Fleischwurst, verstanden?« Ich hörte ihn lachen.

Tom hatte in die Mitte des Badezimmers einen Stuhl gestellt und den grellen Deckenfluter, den man durchaus auch dimmen konnte, auf volle Leuchtkraft gestellt. Dann zog er sich Handschuhe an und zwinkerte mir zu.

»Soll das hier eine Operation werden?«, fragte ich irritiert und setzte mich.

»Ich kürze die Fäden etwas, dann schafft es das schmalere Pflaster, alles zu verdecken.«

»Die Fäden kannst du nicht ziehen, oder?«

»Nein, erst in drei Tagen.«

Er packte meinen Kopf, neigte ihn soweit, dass er die Naht gut sehen konnte und machte das Pflaster vorsichtig ab, was eigentlich schon recht schmal war.

»Sieht gut aus.«

»Na ja, gut ist sicher relativ.«

Ich spürte, wie er mit einer Schere hantierte. Christine kam ebenfalls ins Bad, gemeinsam mit ihrem Schminkköfferchen, wobei man die Verniedlichungsform – chen, durchaus weglassen konnte. Erfreut nahm ich wahr, wenn ich den Kopf weit in den Nacken legte, dass ich bereits wieder einen schmalen Streifen mit dem linken Auge sehen konnte. Ein Blick in den Handspiegel, den Christine mir gab, machte jedoch dieses kleine Glücksgefühl schnell wieder zunichte. Mein Auge, vielmehr der Platz drum herum, sah verheerend aus. War die Verfärbung gestern noch bläulich, so konnte man jetzt sagen, sie war schwarz.

»Mit Camouflage kriegt man alles weg. Sogar Tätowierungen. Mach dir keine Sorgen. Außerdem legen wir gleich deine Haare schön darüber. Das sieht kein Mensch, vertrau mir.«

Wirklich daran glauben konnte ich nicht. Tom ging zu Joe, während Christine sämtliche Sachen hervorholte, die sie brauchte, um meinem Gesicht einen neuen Glanz zu verleihen. Dann fing sie an mit Cremchen, mit irgendwelchen Stiften, mit Pinseln, die sie in irgendetwas tunkte, dessen Farbe undefinierbar war. Ich ließ sie einfach machen. Was auch sonst? Ich war meinen WG – Mitbewohnern vollkommen ausgeliefert. War halt so. Nach einer gefühlten halben Stunde sah ich endlich einen zufriedenen Ausdruck im Gesicht meiner besten Freundin. Zudem nickte sie, was ich auch für ein gutes Zeichen hielt.

»Kann ich in den Spiegel sehen?«

»Ja.«

Ich hob den Handspiegel und traute kaum noch meinem funktionierenden Auge. Schminken konnte Christine, wie kein anderer. Ich sah toll aus.

»Okay, jetzt noch die Haare.« Christine kämmte, sprühte Haarspray, kämmte wieder, nahm eine andere Flasche in die Hand, sprühte wieder und rieb sich dann die Hände mit irgendeinem Wachs ein und schmierte das in meine Haarspitzen. »Fertig. Welche Strumpfhose ziehst du an?«

Ich sah sie verwundert an. »Wie, Strumpfhose. Was denn für eine Strumpfhose?« Gab es so etwas überhaupt noch? Als Kind hatte ich Strumpfhosen an, die dann meist zu klein waren und sich deshalb der Schritt mittig meiner Oberschenkel befand und ein Laufen nahezu unmöglich machte.

»Ich habe bestimmt noch eine für dich.«

Ich erhob mich, setzte meine Brille auf und begutachtete mich im großen Spiegel. Ich fühlte mich toll. Ich sah hervorragend aus, mein linkes Auge war professionell mit meinen Haaren verdeckt, es sah gewollt aus und die Schminke im Gesicht, die ich zugegebenermaßen spürte, weil meine Freundin nicht gerade mit Make-up gegeizt hatte, verlieh mir ein Gefühl von Unwiderstehlichkeit.

Christine war mit den Worten: »Ich hole mal eine Strumpfhose« in ihr Zimmer gegangen, während ich in meines lief, um zu schauen, was Mr.LovaLova noch geschrieben hatte. Joe saß zufrieden auf meinem Schreibtischstuhl, drehte sich zu mir und grinste. »Fertig. Mit diesem Portfolio wirst du unter Garantie genommen. Ich habe die besten Entwürfe zusammengestellt!« Und weil Tom sich das Portfolio ansah und immer wieder erstaunt und anerkennend nickte, glaubte ich meinem Freund einfach mal, die richtigen Entwürfe herausgesucht zu haben.

Christine kam und hielt etwas in der Hand. »Tut mir leid, ich habe nur noch die hier.«

»Was ist das?«, kam es wie automatisiert über meine Lippen. Christine hob sofort eine Hand. »Das ist gar nichts Schlimmes. Jede Frau trägt heutzutage Strapse. Das ist nicht mehr so verrucht wie in den 60ern.«

Ich nahm das schwarze Etwas entgegen und schüttelte nur mit dem Kopf. »Ich weiß nicht mal, wie man sowas trägt.«

Meine Freundin lachte kurz, ehe sie in die Hände klatschte und laut sagte: »Alle Schniepelträger raus!«

*** *Schniepelträger: Menschen, die einen Penis haben. Egal mit welcher sexuellen Orientierung.* ***

Joe und Tom verließen anstandslos mein Zimmer.

Christine packte das Ende meines Kleides, schob es weit nach oben, nahm mir diese schwarzen Schnüre aus der Hand und umarmte mich. Dann machte sie den aus schwarzen Spitzen bestehenden Gürtel zu. »So, jetzt ziehst du die Strümpfe an und dann machen wir die fest.«

Ich setzte mich aufs Bett. »Das hält nie im Leben.«

»Mann, Trina, wenn das nicht halten würde, würde keine Frau auf dieser Welt Strapse tragen. Tut mir leid, aber Strumpfhosen besitze ich nicht.«

Ich zog die dünnen schwarzen Strümpfe an und stand dann auf. Sofort rutschten die mir bis zu den Knien runter. Christine befestigte beide an den Schnappern, die sich vorne und hinten befanden und sah mich dann an. »Wie fühlt es sich an?«

»Beschissen«, sagte ich ganz ehrlich.

»Egal jetzt. Zieh die Schuhe an.«

Ich schlüpfte in die Wildlederhimbeeren und stand da.

»Was ist?«, fragte Christine.

»Ich kann auf den Dingern nicht laufen.«

»Zeig her.«

Ich stapfte vorsichtig bis zur Tür und wieder zurück. Christine schüttelte unentwegt den Kopf.

»Okay, fünf Minuten haben wir noch.«

Sie stellte sich neben mich und wies an, ihr alles nachzumachen. Ich kam mir vor, wie ein Storch, der gerade erst das Laufen gelernt hatte.

Sicherlich 10 Mal war ich bis zur Tür gegangen und wieder zurück. Die Devise: Einen Schritt vor den anderen, möglichst genau auf einer imaginären Linie.

»Wird schon besser!«, versicherte sie mir und man sah ihr genau an, dass sie das nicht so meinte, wie sie es gesagt hatte. Ich winkte ab. War jetzt so. Irgendwie würde ich es bis ins Büro von Benedikt von Weiden schaffen. Und dort konnte ich mich ja glücklicherweise hinsetzen. Ich schnappte mir meine Tasche, packte das Portfolio als auch mein Handy ein und nickte dann meiner Freundin zu. Es konnte endlich losgehen. Ich verspürte nur noch den einen Wunsch: Dieses Vorstellungsgespräch so schnell wie möglich hinter mich zu bringen.

Joe und Tom versicherten mir immer wieder, dass ich toll aussähe und dass sie mir die Daumen drücken würden. Ich fühlte mich nicht mehr in der Lage, irgendetwas zu sagen. Ich war wahnsinnig aufgeregt, mein Mund war trocken und dadurch, dass meine Beine ein eigenständiges Zittern begannen, bekam ich mehr denn je das Gefühl, nicht richtig laufen zu können.

#zehn

Erleichtert atmete ich auf, als ich endlich im Auto saß. Christine fuhr los, im Rückspiegel erkannte man Joe und Tom, die beide Daumen nach oben hielten und warteten, bis wir hinter der nächsten Kurve verschwunden waren. Glücklicherweise regnete es nicht, sodass ich nicht Gefahr lief, meine Frisur zu ruinieren.

Um mich von meiner Nervosität abzulenken, holte ich mein Handy hervor. Eine neue Nachricht.

> **Mr.LovaLova** Mir würde noch sehr viel mehr einfallen, was ich dir zur Motivation schreiben könnte. Brauchst du noch was? ☺

> **LoverCover94** Ich glaube, momentan hilft nichts. Ich muss jetzt nur das Gespräch überstehen. Ich bin sehr nervös.

> **Mr.LovaLova** Tief durchatmen. Das hilft. Probiere es mal. Du schaffst das!!!

Der schrille Hup-Ton unseres Autos ließ meinen Puls noch mehr nach oben wandern, als er ohnehin schon war und das laute Schreien von Christine erst recht.

»Ey, du Vogel! Sieh zu, dass du Land gewinnst!«

Ein aufgebrachter Mustang-Fahrer zeigte Christine die Faust.

»Der Mann hatte Vorfahrt«, bemerkte ich.

»Nein. Hatte er nicht.«

»Doch, Christine, hatte er.«

»Egal.«

Ich atmete tief ein und wieder aus, steckte mein Handy zurück in die Tasche und wippte aufgeregt mit den Beinen. Das einzige, was mich etwas beruhigte, war, dass ich tatsächlich das Kunststück geschafft hatte, pünktlich zu sein. Nur selten schaffte ich das. Meine Freunde kannten die Trina-Zeit.

*** *Trina-Zeit: Diese Zeit läuft nahezu genau 25 Minuten später. Aus diesem Grund, wenn Freunde sich mit mir verabreden (meine Eltern eingeschlossen), sagen sie beispielsweise nicht: Wir treffen uns um 21 Uhr, sondern: Wir treffen uns um 20:35 Uhr.* ***

Um 10 vor 10 kamen wir endlich bei der Agentur ›Sternenreich‹ an. Und zu meinem Glück fand Christine relativ nahe dem Gebäude einen Parkplatz und versprach, auch wenn es eine Stunde dauern würde, auf mich zu warten. Ich steckte mir schnell die holländischen Minzbonbons in jede Backentasche und hatte unweigerlich das Gefühl, man sah meinen Backentaschen an, dass sie gefüllt waren. Allerdings, bis ich oben in der 7. Etage ankäme, hätten sich die Bonbons sicher halbiert. Auf wackeligen Beinen stieg ich aus. Noch einmal beugte ich mich runter, um Christine sehen zu können.

»Ich habe das Gefühl, die Dinger halten nicht.«

»Die halten. Die sind bei mir noch nie aufgegangen«, versicherte mir meine Freundin.

»Deine Beine sind schmaler!«

»Verschwinde jetzt, Trina. Sonst kommst du doch zu spät.«

Ich knallte die Autotür zu und versuchte damenhaft zum Eingang des Gebäudes zu gehen, was recht schwierig war, wenn man das Gefühl hatte, auf rohen Eiern zu laufen. Zudem spürte ich, von allen Menschen, die mich sahen, angestarrt zu werden. Entweder, weil ich so fantastisch aussah oder, weil ich wie ein Kleinkind auf diesen Schuhen lief. Bei jedem zweiten Schritt drohte ich, umzuknicken.

Erleichtert stand ich im Aufzug und drückte die 7. Mein Puls hatte sich irgendwo bei 125 eingependelt, das Make-up sorgte dafür, dass man keine Aufregungsflecken in meinem Gesicht sah, aber ich begann, zu schwitzen. Und dann öffneten sich die Türen. Ich stöckelte zur Information, an der wieder der Headset-Engel saß und hektisch auf einem Telefon herumdrückte. Dann sah sie auf. »Ah, Frau Dimätita …«

»Wissen Sie was, sagen Sie einfach Trina zu mir«, unterbrach ich Sie, beim Versuch, meinen Nachnamen richtig auszusprechen.

»Trina. Gut.« Sie erhob sich und kam um die Information herum und reichte mir freundlich die Hand und ich sah ihrem Gesichtsausdruck genau an, dass sie Knoblauch roch. »Ich begleite Sie ins Büro«, lachte sie. »Nicht, dass Sie wieder gegen die Glasscheibe laufen.« Ich lachte mit, obwohl ich über den Witz nur schlecht lachen konnte.

Ich versuchte, Schritt zu halten und nicht umzuknicken, doch der Viertakt der klackernden Schuhe fand leider keinen Gleichklang. Den Tipp von Christine, ein Hohlkreuz zu machen und auf der imaginären Linie zu laufen, verdrängte ich in diesem Moment. Ich war nur froh, wenn ich dem Headset-Engel auf den Fersen blieb und endlich sitzen konnte.

Sie öffnete die Glastür, die ich glücklicherweise dank Brille gut erkennen konnte und zeigte auf den durchsichtigen Stuhl vor dem Schreibtisch.

»Ben wird gleich bei Ihnen sein. Nehmen Sie doch schon mal Platz.«

»Vielen Dank.« Während ich zum Stuhl klackerte, hörte ich das Geklacker vom Headset-Engel nur gedämpft, da sie die Glastür geschlossen hatte. Ich setzte mich hin, darauf bedacht, die Knie zusammenzuhalten. Macht man bei einem Kleid ja so. Meine Backentaschen waren inzwischen leer, wobei die

Schleimhaut an der Stelle, an der die Bonbons lagen, nun angegriffen war und sich leicht geschwollen anfühlte. Ich hauchte in meine Hand. Ich roch nur Minze. Sicher müsste ich noch auf Ben warten, deshalb zog ich es vor, mir gleich noch ein Bonbon in die Backentasche zu stecken, doppelt hält besser. Ich wippte ungeduldig mit den Beinen, lutschte den Kaventsmann, damit er sich minimierte und hoffte, das Gespräch ohne irgendein Missgeschick meinerseits zu überstehen. Als ich hörte, wie die Glastür sich ruckartig öffnete, rutschte mir mein Herz fast in die Hose. Ich stand augenblicklich auf, wobei das erst beim zweiten Versuch wirklich funktionierte, drehte mich um und sah nicht nur Benedikt von Weiden, sondern noch einen anderen Herrn, ziemlich leger gekleidet, ebenfalls mit Brille auf der Nase, die fast aussah wie meine, und einem ernsten Gesichtsausdruck. Wer zum Teufel war das jetzt?

»Guten Morgen Trina. Schön, dass Sie nochmals in meine Agentur gekommen sind, um sich vorzustellen. Sie haben sich vorbereitet?«

»Ja, das habe ich. Guten Morgen Herr Weiden. Von, meinte ich.« Ich setzte mich wieder.

»Es reicht, wenn Sie Ben sagen. Das hier ist mein Kollege oder in Rittersprache gesprochen, meine rechte Hand, Marco Frisetti. Er wird Ihnen, ferner Sie interessiert sind, die Agentur zeigen. Außerdem ist er unser Mann für Design.«

Erneut stand ich auf, verschluckte mich fast an dem Bonbon und reichte der rechten Hand ebenfalls die Hand. Er verzog keine Miene. Unsympathisch. Wahrscheinlich wollte er mich einschüchtern. Hatte irgendwie funktioniert. Ich setzte mich und das war jener Moment, indem sich die Strapse dachten, nicht mehr die Strümpfe halten zu wollen. Und dachte ich erst, es sei nur einer gewesen, der sich vom vorderen Clip gelöst hatte, so spürte ich, dass es beide waren. Ich fand die Tatsache zwar nicht schön, aber es beruhigte mich, zu wissen, dass die hinteren immerhin noch hielten.

Ben faltete die Hände und lächelte mich an, während Herr Frisetti die Arme vor der Brust verschränkte und mich ernst begutachtete.

»Irgendeiner hat unverkennbar Knoblauch gegessen.« Ben sah zwischen mir und Herrn Frisetti hin und her. Herr Frisetti hob gleich beide Hände. »Ich nicht.«

Ich räusperte mich. »Entschuldigen Sie bitte, ich habe Knoblauch gegessen. Ich hoffte, die Minzbonbons hätten etwas geholfen.«

Ben lachte. »Denken Sie dran, Knoblauch ist sehr gesund.«

Das hatte mir schon mal jemand gesagt. Mr.LovaLova.

»Ja, das habe ich schon mal gehört.« Ich versuchte zu lächeln und hoffte inständig, der Holländer in meinem Mund würde sich so langsam mal in Luft auflösen.

»So, Trina, haben Sie mir denn etwas mitgebracht?« Ben zwinkerte mich an, während mich der ernste Gesichtsausdruck von Brillenschlange (ich trage selber eine, also darf ich das zu anderen, die ebenfalls eine tragen, sagen) immer mehr irritierte.

»Ja, das habe ich.« Ich zog das Portfolio aus meiner Handtasche und ärgerte mich in diesem Moment doch sehr, nicht wenigstens während der Autofahrt mal geschaut zu haben, für welche Designs sich Joe entschieden hatte. Aber Joe würde mir niemals schaden wollen, also ging ich von den besten Anfertigungen aus. Ich erhob mich halb, betete innerlich, die Hinteren mögen halten und reichte Ben meine Mappe. Dann setzte ich mich wieder. Herr Frisetti rutschte näher zu Ben, um ebenfalls das Portfolio zu sehen. Während die beiden Männer vertieft in meine Mappe waren, wäre es sicher ein leichtes diese Klipps festzumachen. Ich wartete einige Sekunden, dann ließ ich so unauffällig es irgendwie möglich war, mein Kleid nach oben rutschen. Ich schaute auf die Schnüre und die Strümpfe. Ich zog sie hoch, soweit, bis das Ende vom Strumpf den Clip berührte. Der Mechanismus war doch einfacher als gedacht.

»Entschuldigen Sie bitte, Trina, aber ist das hier ein Penis?«

Ich starrte auf meinen Oberschenkel und ließ mein Kleid langsam wieder runter gleiten, ohne den Klipp festgemacht zu haben. Ich schluckte. Dann sah ich auf. Beide Männer starrten auf ein Bild, was ich leider nicht sehen konnte, weil Ben die Mappe etwas angehoben hatte. »Welch ... also, welchen Entwurf meinen Sie?«

»Seite 2«, sagte Ben. Herr Frisetti starrte auf den Entwurf und schüttelte nur noch mit dem Kopf.

»Ich ... dürfte ich bitte mal sehen?« Ich hatte das Gefühl, meine zuverlässige Maske aus Camouflage, Make-up und Puder wurden von Mengen an Schweiß aus meinem Gesicht geschwemmt.

Ben packte die Mappe und drehte sie so, dass ich etwas sehen konnte. *Das Fleischwurst-Bild. Ich bring dich um, Joe!!!*

»Ach das. Das ... äh, das ist kein ... das ist eine Fleischwurst.«

»Eine Fleischwurst?«, fragte Ben, zog die Augenbrauen hoch, was ich in diesem Moment durchaus auch gerne gemacht hätte und drehte die Mappe wieder so, dass er sehen konnte. Und nicht genug, er hob sie auch noch an, um das Bild noch näher zu betrachten.

Dann beugte er sich zu Herrn Frisetti und murmelte etwas, was ich nicht verstehen konnte, aber Frisetti konnte ich verstehen. »Schlecht gemacht.«

Ben legte die Mappe hin, faltete die Hände und sah mich schmunzelnd an. »Es ist wirklich nicht mein Vorhaben, Sie in Verlegenheit zu bringen, aber ich muss sagen, es sieht nicht nach einer Fleischwurst aus. Eigentlich sieht es aus, wie ein männliches Glied.«

»Die Fleischwurst ist ohne Haut?« Warum ich diesen einfachen Satz als Frage klingen ließ, wusste ich nicht, aber ich spürte genau die roten Flecken unter der Make-up-Schicht. Herr Frisetti lachte abwertend und schüttelte weiterhin den Kopf, während Ben immer noch auf das Bild starrte. »Und was ist das hier?« Er zeigte auf eine Stelle oberhalb der Fleischwurst.

»Gehacktes.«

Ben machte ein Gesicht, als wolle er ›ach so‹ sagen.

»Welchem Genre sollte denn dieses Cover dienen?«, fragte Herr Frisetti ernst und sah mich an.

»Ähm, also das war für einen Erotikroman.«

Ben lachte und zumindest sah ich das erste Mal wenigstens ein kleines Grinsen in Frisettis Gesicht. Langsam aber sicher bekam ich das Gefühl, ausgelacht zu werden.

»In diesem Roman geht es um einen Metzger Lehrling, der sich in die Reinigungskraft der Metzgerei verliebt«, erklärte ich ziemlich forsch.

»Dem Bild nach zu urteilen wohl eher um einen Metzger Lehrling, der Sex mit der Putzfrau hat. Vermutlich in der Metzgerei.« Frisetti oder wie ich ihn in Zukunft nennen würde: Brillenschlange, schob mit dem Zeigefinger seine Brille hoch und stierte mich an.

»Wissen Sie, Herr Frisetti, …«

»Sie dürfen gerne Marco zu mir sagen.«

»Das ist ja das, was ein Cover ausmacht. Man kann dem Leser einen gewissen Happen hinwerfen und der Rest ist dann Fantasie. Wenn also für Sie der Lehrling Sex mit der Reinigungskraft hat, bitte. Dürfen Sie sich gerne vorstellen.«

»Was stellen Sie sich denn vor? Dass etwa Liebe im Spiel ist? Also, was haben Sie sich bei dem Cover gedacht?«

Dachte ich anfangs, Benedikt von Weiden sei eingebildet, so wusste ich nicht, was für ein Wort ich für Brillenschlange finden sollte. Überheblich, von sich selbst überzeugt, eingebildet bis dort hinaus … ein Arschloch.

»Ich habe mir gedacht, ich fertige der Kundin ein möglichst professionelles Cover und werde dafür bezahlt. Ich urteile nicht über Geschichten, ich beurteile nur meine Cover. Und dieses Cover ist gut geworden. Und unter uns gesagt, hat sich der Roman äußerst gut verkauft.« Ich schob meine Brille nach oben und klemmte mir meine Haare hinter die Ohren. Eine

Geste, die automatisiert war. Leider hatte ich vor lauter Aufregung nicht an mein linkes Auge gedacht. Herr Frisetti starrte mich an, während Ben eher erstaunt war, aus Anstand aber schnell wegsah. Ich kämmte meine Haare mit den Fingern wieder über meine linke Gesichtshälfte. Brillenschlange sah mich immer noch an.

»Wohl mit der Augenbraue die Türklinke geküsst, oder?« Ich sah Ben erstaunt an.

»Woher wissen Sie das?«

»Tja, Trina, ich weiß so einiges.«

Wieder nahm er die Mappe und Frisetti beugte sich näher heran, um ja auch jedes Design unter die Lupe nehmen zu können. Ben nickte anerkennend und auch Brillenschlange sah gar nicht mehr so kritisch auf die nächsten Seiten. Was sie sich genau ansahen, wusste ich nicht, allerdings wurden die Männer jäh unterbrochen, als der Headset-Engel hereingestürmt kam, auf Ben zu lief, ihm etwas zuflüsterte und Ben auf einmal das Büro verließ. Nun war ich mit Brillenschlange alleine.

»Das Bild mit der Fleischwurst ist eine einzige Katastrophe. Das will ich dir noch sagen.« Jetzt hatte Frisetti auch noch Du zu mir gesagt …

»Es war für unzählige Leser keine Katastrophe. Also kann es ja so schlecht nicht sein. Ich esse gerne Fleischwurst!« Ich verschränkte die Arme vor der Brust und sah ihn herausfordernd an.

»Keine Sorge, Ben hat sich ohnehin für dich entschieden. Also ist meine Meinung völlig egal.«

»Meine Arbeiten sind nicht schlecht!«, betonte ich selbstbewusst.

»Das habe ich auch nicht gesagt. Aber bei dem Fleischwurstbild hast du nicht sonderlich symmetrisch gearbeitet. Es sieht aus, als hättest du ein Bildbearbeitungsprogramm für absolute Laien verwendet.«

»Das Fleischwurstbild war eines meiner Anfänge als Cover Designerin.«

»Dann hast du das Portfolio ziemlich schlecht zusammengestellt. Ich hätte nicht eines meiner ersten Versuche genommen.«

»Mein WG-Mitbewohner hat die Mappe zusammengestellt.«

»Gut, das erklärt dann auch deine Unwissenheit, welches Design auf welcher Seite ist. Und wer hat dir die Strümpfe zusammengestellt?«

»Wie bitte?«

Frisetti stand auf, kam um den Schreibtisch herum, direkt auf mich zu.

»Ich kann dir helfen. Ich weiß, wie man die befestigt.«

Ich lachte laut auf. »Danke, aber das kann ich selbst.«

Frisetti setzte sich wieder auf seinen Stuhl.

»Wie du meinst.«

Kurz darauf kam Ben wieder. »So, entschuldigen Sie bitte, Trina, ich musste eine wichtige Entscheidung treffen.« Er nahm wieder Platz, schlug meine Mappe aber sofort zu. »Jetzt bin ich aber gespannt, ob Sie etwas über mein Unternehmen gelernt haben.«

Ich schluckte und nickte mir selbst zu. »Nervös?«, fragte Ben.

»Etwas«, erwiderte ich versucht lächelnd.

»Tief durchatmen. Das hilft!« *Tief durchatmen ... Mr.LovaLova?*

Ich holte tief Luft und nahm mir vor, einfach alles zu sagen, was ich wusste. Merkwürdig vertraut war mir Benedikt von Weiden ...

»Ihr Unternehmen besteht aus 26 Mitarbeiter, 2016 haben sie diese Agentur gegründet. Sie sind 36 Jahre alt und haben von 2011 bis 2015 in Michigan gelebt. In München haben sie Mediengestaltung studiert und ihre Agentur hat die Schwerpunkte: Employer branding, Personalmarketing, Webdesign und offensichtlich als nächstes Projekt Buchcover Design. Sie haben eine kleine Narbe an der Unterlippe, ihre Iris ist blau und wird von einem dunklen Ring umrandet. Ihr Mittelfinger ist in etwa so lang, wie ein Kuli und Ihre Ex-Freundin heißt Mia.« Ich endete und schaute zufrieden zu Ben, ehe mir einfiel, dass ich Dinge gesagt hatte, die nichts, aber auch gar nichts mit dieser Agentur zu tun hatten. Ben klappte der Mund auf und Brillenschlange lachte mal wieder abwertend und kopfschüttelnd.

»Wissen Sie, Trina, ich finde es ja sehr beeindruckend, dass Sie die Rubrik ›Über Mich‹ so toll auswendig gelernt haben, aber haben Sie sich auch die anderen Seiten unserer Homepage angesehen?«

Ich überlegte in diesem Moment tatsächlich, einen Zusammenbruch vorzutäuschen. Mich vom Stuhl fallen zu lassen, die Augen … nein … das Auge zu verdrehen und zu tun, als sei ich ohnmächtig. Oder ich könnte in einen lauten Hustenanfall ausbrechen und tun, als habe ich mich verschluckt.

»Nein, das habe ich nicht.«

Kurz herrschte wieder mal eine unangenehme Stille und gerade als ich fragen wollte, ob nun dieses Vorstellungsgespräch an dieser Stelle enden würde, kam mir Frisetti zuvor.

»Also mich hat sie beeindruckt, Ben. Du ärgerst dich immer, wenn Bewerber nur über die Dienstleistungen der Agentur Bescheid wissen und nichts über denjenigen, der die Agentur gegründet hat. Ich würde sie nehmen. Sie ist gut. Fleischwurst hin oder her.«

Benedikt von Weiden drehte gekonnt einen Stift in der Hand und starrte mich an, als überlege er, ob er mich nun nehmen sollte, oder nicht.

»Na schön. Gut. Probieren wir es. Wann könnten Sie denn anfangen?«

Selbstbewusstsein. Joe sagte mir immer wieder, ich müsse selbstbewusster auftreten. Zeit, damit anzufangen.

»Ich könnte sofort anfangen, aber ich weiß noch nicht, ob ich in dieser Agentur arbeiten möchte.«

#elf

Benedikt von Weiden legte den Kopf schief, als habe er sich verhört, Frisetti lachte nun gar nicht mehr und selbst sein Kopf war unbeweglich. Dann räusperte sich Ben.

»Vielleicht sollte Ihnen dann Marco die Agentur zeigen. Wer weiß, vielleicht überzeugt Sie das und wir können mit dem Bangen, ob Sie für dieses Unternehmen arbeiten möchten, aufhören.« Ben erhob sich, Brillenschlange tat es ihm gleich, wobei er immer noch nicht in der Lage war zu grinsen. Was ich mich in diesem Moment fragte, war: Hielt der hintere Klipp? Auch, wenn ich jetzt aufstehen würde? Ben hielt die Hand in Richtung Tür. »Nach Ihnen.« Ich erhob mich langsam und spürte im selben Augenblick, dass der linke Klipp mir kündigte. »Nach Ihnen«, sagte ich schnell und setzte mich wieder. Ben wurde ernst und schüttelte, ebenso, wie es Brillenschlange anfangs getan hatte, den Kopf. »Marco, zeig Trina das

Unternehmen, und man soll den Arbeitsvertrag bereithalten, also für den Fall, Trina entscheidet sich für uns.« Dann verließ er das Büro.

»Ich habe dir gerade den Arsch gerettet. Willst du nicht Danke sagen?« Frisetti stand gegen den Schreibtisch gelehnt direkt vor mir und sah mich schmunzelnd an.

»Wieso hast du mir den Arsch gerettet?«

Ich versuchte den linken Strumpf hochzuziehen, was im Sitzen nur schlecht klappte.

»Ben hasst nichts mehr, als wenn man sich über das Unternehmen, indem man sich vorstellt, nicht richtig im Vorfeld informiert hat. Du wusstest nur die Sachen über ihn. Wäre ich nicht gewesen, hätte er dich nicht genommen.« Er fuhr sich zufrieden mit einer Hand durch seine braunen Haare und schob anschließend seine Brille mit dem Zeigefinger nach oben. Wie, so fragte ich mich, wie sollte ich jetzt aufstehen? »Na dann komm, du seltsames Mädchen. Ich zeige dir die Agentur.« Er stieß sich vom Schreibtisch ab und ging zur Glastür. Ich blieb sitzen und versuchte an den hinteren Strumpfhalter zu kommen. »Was ist?«, fragte er, als ich nicht aufstand.

»Ich habe ein Problem. Aber das weißt du ja schon!«, zischte ich und machte Verrenkungen, die sicher aussahen, als säße ich auf der Toilette und wollte mir gerade den Hintern abwischen. Frisetti kam zurück, rieb sich sein unrasiertes Kinn und schüttelte grinsend den Kopf. »Steh auf, dreh dich um und zieh dein Kleid hoch.«

Mir klappte der Mund auf. »Wie bitte?«

»Ich weiß, wie man die Dinger festmacht. Also?«

Fakt war, ich konnte so unmöglich durch die Agentur wandern, ohne, dass mir der Strumpf bis zum Fußgelenk rutschen würde. Fakt war auch, Ben fand das bestimmt nicht gut. Ein weiterer Fakt war, Brillenschlange schien bei Ben ein Stein im Brett zu haben. Und der letzte Fakt, ich hatte auf ganzer Linie versagt.

Ich stand auf und hielt mit einer Hand den Strumpf fest. »Bist du schwul?«, fragte ich.

»Wieso?«

»Ach, ich würde mich lieber vor einem schwulen Mann umdrehen und das Kleid hochziehen. Ist nur so ein Gefühl.«

»Ich kann alles für dich sein. Also, wenn du dich besser fühlst, ja, ich bin schwul.«

»Das sagst du jetzt nur so, oder?«

»Ja.« Er nickte dabei.

Ich schüttelte den Kopf, biss mir auf die Unterlippe, drehte mich um und zog mein Kleid hoch. Marco kniete hinter mir. »Komm bloß nicht gegen meine Haut!«

»Wie soll ich das denn machen?«

Ich spürte, wie er hinter mir hantierte. Natürlich kam er gegen meine Haut. Ich zappelte und musste kichern. »Jetzt halt still!«

»Ich bin so kitzelig.«

»Zieh doch mal höher, ich komm da nicht dran!«

Ich konnte kaum noch aufhören zu lachen. Ich bin wahnsinnig kitzelig. Manchmal reicht es schon, wenn Joe nur meine Füße ansieht und ich breche in einem Lachflash aus und kann kaum noch aufhören.

Plötzlich ging die Tür auf und Headset-Engel stand da. Sie schaute erschrocken in mein Gesicht, ehe sie den Kopf etwas neigte und Marco ansah.

»Das ist nicht, wonach es aussieht!«, versicherte ich ihr.

»Doch, das ist genau das, wonach es aussieht!«, murmelte Marco und endlich ertönte der vertraute Klick. Marco zog mein Kleid nach unten und erhob sich sofort.

»Sarah, kann ich dir helfen?«

»Ich … ich wollte zu Ben«, sagte der Headset-Engel, der nun endlich nicht mehr namenlos war.

»Schau mal in der Marketing-Abteilung.«

Sarah starrte immer noch abwechselnd mich, dann Marco an, ehe sie nach einigen Sekunden merkte, den Zeitpunkt verpasst zu haben, indem sie hätte gehen sollen. Irritiert verließ sie das Büro.

»Was die sich jetzt wohl denkt?«, entfuhr es mir.

»Dass ich ein Metzger Lehrling bin und du eine Reinigungskraft. Was sonst?«

»Vielen Dank. Vorne schaffe ich alleine.« Ich drehte mich bewusst von Marco weg, zog mein Kleid hoch und reparierte schnell beide Stellen an beiden Oberschenkeln. Ich wusste nur eins: Setzen würde ich mich mit Sicherheit nicht mehr. Und es war das letzte Mal, dass ich solche Strümpfe tragen würde.

»Nachdem ich dich also zum Lachen gebracht und deine Strapse wieder befestigt habe, fände ich es sehr schön, du würdest dich mir vorstellen. Ich meine, für den Fall du entscheidest dich, hier zu arbeiten, werden wir in Zukunft viel Zeit miteinander verbringen.«

Ich strich mein Kleid glatt und unterdrückte im letzten Moment, die Haare hinter die Ohren zu klemmen. »Du kennst doch meinen Namen.«

Marco zuckte mit den Schultern und sah mich abwartend an. »Na schön. Ich heiße Trina, eigentlich Katrina. Kaum einer schafft es, meinen Nachnamen ohne Stottern zu sagen, ich bin 26 Jahre alt und wohne mit zwei verrückten, liebenswerten Mitbewohnern in einer WG, ich habe eigentlich braune Haare, die ich mir immer selber schneide, weil ich nicht gerne zum Frisör gehe. Ach ja, ich habe Mediengestaltung studiert und vorher bei einem Unternehmen gearbeitet, die leider Stellen abbauen mussten und da ich zuletzt gekommen bin, war ich die Erste, die entlassen wurde.«

Er nickte die ganze Zeit über, verzog aber keine Miene.

»Und das?« Er zeigte auf mein linkes Auge.

»Das weißt du doch. Ben hat es ja sehr detailliert beschrieben.«

»Woher wusste Ben es?«

Ich zuckte mit den Schultern. Innerlich ertönte mein Unterbewusstsein und hauchte: Instagram. Woher sonst hätte Ben wissen können, dass ich gegen die Türklinke gefallen war? Ich hatte es nur Mr.LovaLova gesagt. Keinem anderen ... und natürlich Joe und Christine.

»Keine Ahnung, woher er das wusste. Und was ist mit dir? Wie lange bist du schon hier?«

»Seit der Gründung. Soll ich dir dann mal alles zeigen oder hast du bereits entschieden, nicht hier arbeiten zu wollen?«

Natürlich wollte ich liebend gerne hier arbeiten. Ich wollte mich nur interessant machen. War wohl der falsche Weg gewesen. Benedikt von Weiden machte kein glückliches Gesicht, als ich das sagte. Allerdings hatte Tom mir den Tipp gegeben, ihm nicht nach dem Mund zu reden. Das war eine Sache, die er nicht mochte.

»Okay, dann zeig mir mal alles.«

»Strapse halten noch?«

»Ja. Woher wusstest du, wie die Dinger zugehen?«

»Meine Mutter hat ein Unterwäschegeschäft. Hier in der Stadt. Da kennt man sich dann mit den verschiedenen Mechanismen aus.« Er öffnete die Glastür. »Nach dir.« Ich huschte an ihm vorbei, schob meine Brille, die mal wieder das Rutschen begann, nach oben und wartete darauf, dass er vorging.

Nach einer Dreiviertelstunde hatte ich so ziemlich alles gesehen, was es in der Agentur ›Sternenreich‹ nur zu sehen gab. Mein zukünftiger Arbeitsplatz war in einem Büro mit Marco und noch einem anderen Mitarbeiter, der aber an diesem Tag krank war. Bei der Vielzahl an Aufträgen wurde mir etwas schlecht. Ich kannte es nur, Zeit zu haben und auch erst dann meine Cover Designs zu entlassen, wenn ich zufrieden war und letztlich auch der Kunde. Dies würde für mich eine vollkommen neue Erfahrung werden. Unter Zeitdruck zu arbeiten. Aber ich freute mich darauf und selbstverständlich würde ich den Arbeitsvertrag gerne entgegennehmen.

Den größten Teil der Mitarbeiter hatte ich kennengelernt und ich fand eigentlich alle sympathisch. Was ich von Marco halten sollte, wusste ich nicht. Er schien bei allen sehr beliebt, aber einige benahmen sich, als sei er der Chef dieser Agentur. Und das verunsicherte mich doch sehr. Ben traf ich leider nicht mehr. Sarah (Headset-Engel) hatte von Ben den Auftrag bekommen, mir alle Unterlagen, die ich brauchte, mitzugeben und ich sollte am Montag um Punkt 8

Uhr hier erscheinen. Innerlich sagte ich mir: 7:35 Uhr. Damit ich pünktlich wäre. Die Strapse hatten gehalten, wobei ich spürte, dass dies nicht mehr lange der Fall wäre. Bei jedem Schritt, den ich tat, hatte ich das Gefühl, die Clips lösten sich mehr und mehr und die Strümpfe hingen nur noch an Zipfeln fest.

»Na dann, Trina, bis Montag. Und bitte iss am Sonntagabend keinen Knoblauch. Wir sitzen ja jetzt in einem Büro.« Marco begleitete mich bis zu den Aufzügen und grinste mich an.

»Habe ich verstanden. Vielen Dank für die Führung. Bis Montag.« Ich drückte, noch ehe er etwas sagen konnte, schnell den Knopf, der die Türen des Aufzuges schloss und war froh, als dieser sich endlich in Bewegung setzte. Hoffentlich war Christine noch da …

Als ich aus dem Gebäude kam, war meine erste Handlung, diese Schuhe auszuziehen, obwohl ich genau spürte, dass einige der Mitarbeiter der 7. Etage aus dem Fenster schauten, um mich zu beobachten. Ich überquerte die Straße und sah, dass unser gelbes Auto noch genau da stand, wie vor ungefähr zwei Stunden. Wahnsinn. Meine Freundin hatte auf mich gewartet. Durch die Scheibe sah ich, dass Christine mit halboffenem Mund dasaß, den Kopf gegen die Lehne gepresst und offensichtlich eingeschlafen war.

Ich öffnete versucht leise die Tür, setzte mich und rüttelte sie sanft am Arm. Sie wurde wach. »Was? Ach, du bist wieder da? Na, das ging ja schnell.«

Ich unterdrückte ein Lachen und ließ sie im Glauben, dass ich nur kurz weg gewesen wäre.

»Nach Hause?«, fragte sie und gähnte laut dabei.

»Je nachdem, wo Joe ist. Wenn ich den erwische, den bringe ich um. Stell dir vor, Joe hat das Fleischwurstcover in das Portfolio gesteckt!«

»Nein. Das hat er nicht.«

»Doch. Hat er. Und dann haben wir darüber diskutiert, ob es sich um einen Penis oder eine Fleischwurst handelt.«

»Nein. Das habt ihr nicht.«

»Doch. Haben wir.«

Ich sah genau, dass meine Freundin lachen musste. Sie schaute zu oft nach links, obwohl sie es nicht hätte tun müssen. Ich schüttelte nur noch mit dem Kopf und versuchte zu fühlen, was ich gleich fühlen würde, zum einen, wenn ich meine Wut an Joe ausgelassen hatte und zum anderen, wenn ich saubequeme Klamotten tragen würde.

»Aber du hast den Job, ja? Verpiss dich, du Wichser!« Sie hatte wieder einem die Vorfahrt genommen. Irgendwann würde einer sie anhalten und dann schlagen. Ich sparte mir allerdings, ihr zu sagen, dass der Fahrer des roten Autos recht hatte.

»Ja. Ich habe ihn.«

»Ich will ja eigentlich nichts sagen, aber solltest du darüber nicht wahnsinnig froh sein?«

»Ich bin total froh.«

»Ich sehe schon, du flippst ja regelrecht aus vor Freude.«

Ich setzte mich so hin, dass ich Christine besser sehen konnte.

»Du, ich habe dir doch von der Insta-Bekanntschaft erzählt.«

»Ja, was ist mit dem?«

»Es ist merkwürdig. Alle Sachen, die er mir geschrieben hat, vielmehr, die ich ihm erzählte, wusste Ben von Weiden.«

»Hä?«

»Was wäre, wenn Benedikt von Weiden meine Insta-Bekanntschaft ist?«

»Aber, wenn das der Fall wäre, dann wüsste er ja nun, dass du LoverCover94 bist, oder? Frag ihn doch einfach.«

Ich schüttelte den Kopf und sah nachdenklich aus dem Fenster. »Nein. Ich glaube, ihm gefällt das Spiel der Anonymität. Ich spiele noch mit.«

Christine parkte genau vor dem Mehrfamilienhaus, indem sich unsere WG befand. Ich stieg aus und merkte, dass mir mal wieder die Halterung der Strümpfe gekündigt hatte. Gleich auf beiden Seiten. Hinten als auch vorne.

»Die gehen nicht auf, ja?« Ich funkelte Christine böse an, die nur anfing, wahnsinnig zu lachen, zur Haustür lief und sie aufschloss. Beide Strümpfe waren bis zu meinen Fußgelenken heruntergerollt. Ich zog sie ganz aus und lief mit nackten Füßen in den ersten Stock. Christine schloss unsere Wohnung auf und noch ehe sie die Tür ganz öffnen konnte, schrie ich bereits nach Joe, doch es blieb still.

Wie sich herausstellte, war Joe mit Tom unterwegs und würde wahrscheinlich auch bei Tom schlafen. Ich rief ihn an und machte ihn am Telefon rund.

»Ich habe den Entwurf mit der Fleischwurst gewählt, weil ich ihn wirklich gut finde. Das muss dir gar nicht peinlich sein, Trina!«, verteidigte sich Joe.

»Ich hatte ausdrücklich gesagt, nicht das Fleischwurst Cover! Was hast du daran nicht verstanden?«

»Also, jetzt sieh es doch mal so, du hast den Job, und das Fleischwurst Cover hat dazu beigetragen. Sie haben über dich diskutiert. Langweilig kann jeder. Also, sei mir lieber dankbar.«

»Ach komm, vergessen wir das«, sagte ich, weil ich schlicht keine Lust mehr hatte, mit Joe über das Fleischwust Cover zu reden. Außerdem hatte er recht. Auch, wenn ich es nicht gerne zugab. Wäre dieses Cover nicht gewesen, hätten sie nicht so lange darüber gesprochen, wobei Ben ja zufrieden war, als ich erklärte, dass es sich um eine Fleischwurst und Gehacktes handelte. Nur Brillenschlange war nicht zufrieden gewesen, dafür hatte er mir aber geholfen, die Clips an den Strümpfen festzumachen. Ein kleiner Pluspunkt. Ansonsten fand ich ihn zu überheblich.

Ich ging sofort auf mein Zimmer, stellte die neuen Schuhe in den Schrank und versprach meinen Füßen, sie erst wieder in einem halben Jahr zu tragen. Ich schlüpfte aus dem Kleid und zog meine Sex-Bremse an und zudem ein enorm weites Oberteil. Erschöpft ließ ich mich auf mein Bett fallen. Was für ein Tag. Aber, ich hatte wieder Arbeit. Ich lächelte zufrieden. Zukünftig wäre ich Teil der Agentur ›Sternenreich‹. Ich rollte mich auf den Bauch und zog den dicken Umschlag mit dem Vertrag hervor. Noch bevor ich den Umschlag öffnete, küsste ich darauf. Ich hatte einen Job. Endlich.

Vorsichtig griff ich hinein und zog einen Stapel Papiere heraus. Ich würde diesen Abend definitiv damit verbringen, mir alles in Ruhe durchzulesen und dann zu unterschreiben. Und Mr.LovaLova? Den würde ich entlarven …

#zwölf

Ein gedämpftes ›Ping‹ drang an meine Ohren, als ich gerade anfing den Vertrag zu lesen. Ich kramte in meiner Handtasche nach meinem Handy, zog es hervor und tippte auf die Insta App. Eine private Nachricht. Aufgeregt rollte ich mich auf den Rücken und las.

Mr.LovaLova Bist du glücklich?

Na warte …

LoverCover94 Sehr. Und du?

Mr.LovaLova Dann hast du den Job. Ich freu mich für dich ☺

LoverCover94 Wie kommst du darauf, dass ich den Job habe?

Mr.LovaLova Weil du glücklich bist. Es sei denn, du wärst glücklich darüber, nicht diesen Job angenommen zu haben.

Also diese Aussage war ja nun mehr als eindeutig. Ich stand auf, öffnete meine Zimmertür und rief Christine. Kurz darauf kam sie, ebenso in gemütlichen Klamotten.

»Was ist?«

»Komm mal bitte zu mir und lies dir die Nachrichten von Mr.LovaLova durch. Und dann erzähle ich dir, was Benedikt von Weiden heute so alles nebenbei vom Stapel gelassen hat. Ich will deine Meinung dazu hören.«

Christine trat ein und ließ sich auf mein Bett fallen. Ich rief die Nachrichten auf, legte mich neben sie und gab ihr mein Handy. Aufmerksam las sie, wobei sie des Öfteren grinsen musste.

»Fertig. Hört sich ganz nett an.«

»Pass auf. Heute, beim Vorstellungsgespräch, hat Ben mir den Tipp gegeben, weil ich nervös war, tief durchzuatmen. Dann wusste er, was mit meinem Auge passiert ist. Und zwar detailliert. Er sagte, ich hätte wohl mit meiner Braue die Türklinke geküsst. Ach ja, und er sagte zu mir, als ich mich entschuldigt habe, weil ich so nach Knoblauch roch, Knoblauch sei ja sehr gesund. Was sagst du dazu?«

Christine sah mich ernst an. »Das liegt ja nun fast schon auf der Hand. Was willst du jetzt machen? Triff dich doch mal mit ihm. Und wenn er erst seit heute weiß, dass du LoverCover94 bist, dann würde er einem Treffen bestimmt nicht so schnell zustimmen.«

»Stimmt. Aber ich habe das Gefühl, es ist besser, dieses Spiel noch einige Zeit zu spielen. Ich tue einfach unwissend. Ich tue, als wüsste ich nicht, wer er ist.«

Christine schüttelte lachend den Kopf und reichte mir mein Handy.

»Hier. Du hast eine Nachricht bekommen.«

Ich nahm das Handy entgegen und war regelrecht süchtig danach, jedes Wort von Mr.LovaLova zu lesen, denn endlich hatte ich ein Bild von dem Mann im Kopf.

Mr.LovaLova Ist dein Finger etwa eingefroren, dass du nicht mehr zurückschreibst?

LoverCover94 Entschuldige, aber ich habe gerade mit meiner besten Freundin über dich gesprochen. Da konnte ich nicht zurückschreiben.

Mr.LovaLova Ich hoffe, ihr habt nichts Schlechtes über mich gesprochen. Aber

> eigentlich würde mich mehr interessieren, ob du nun die Muffin-Sorte kennst, die ich am liebsten mag?!?

»Zeig her!«, sagte Christine. Ich gab ihr lachend mein Handy.

»Der spielt mit mir. Nichts weiter.« Ich schaute zur Decke und überlegte. Fakt war, ich würde dieses Spiel mitspielen, solange es ging. Ich würde einfach unwissend tun. Und in der Agentur würde ich auf ein Zeichen von Ben warten, womit er verriet, dass er nämlich Mr.LovaLova war. Fertig. Christine gab mir mein Handy zurück. »Los, schreib zurück!«, sagte sie und rollte sich auf die Seite.

Ich überlegte. Was sollte ich jetzt schreiben? Ich grinste und tippte.

> **LoverCover94** Also für so viel Bunt brauche ich noch mehr Bedenkzeit. Aber vielleicht wollen Sie mal raten, welche Sorte ich am liebsten mag, Mr.LovaLova.
> ... Foto folgt in Kürze ...

»Duzt ihr euch eigentlich? Also im richtigen Leben?«

Ich drehte den Kopf und sah meine Freundin an.

»Nein. Hat er mir noch nicht angeboten. Und die Brillenschlange hat es einfach getan.«

»Welche Brillenschlange?«

Ich erzählte Christine in Kurzfassung das ganze Vorstellungsgespräch. Meine Freundin kam aus dem Lachen nicht mehr raus, wobei ich das Gespräch alles andere als witzig fand.

»Und dieser Marco hat dir echt die Strapse festgemacht? Oh Trina.«

»Dann sag du mir bitte, was ich hätte machen sollen. Du hast gesagt, die Dinger halten!«

»Woher wusste denn dieser Marco, wie die wieder zugehen? Ist das so ein Macho, der jede Frau abschleppt?«

Ich überlegte. »Glaube ich nicht.«

»Entschuldige, Trina, aber wenn der weiß, wie Strapse befestigt werden, dann ist er vermutlich ein Kerl, der jede Frau ins Bett kriegt. Ergo: Macho!«

»Seine Mutter hat ein Unterwäschegeschäft, okay?«, verteidigte ich.

»Das hat er dir erzählt? Der hat bestimmt einen Blick auf deine Unterwäsche geworfen. Wie sieht er aus?«

»Normal. Dunkle Haare, braune Augen, groß. Normal.«

»Und eine Brille.«

»Ja. Und ich werde zukünftig mit ihm und noch einem anderen in einem Büro sitzen.«

»Wenn der die rechte Hand von Ben ist, kannst du ihn schön ausquetschen. Der weiß bestimmt alles über ihn.«

Ich nickte nachdenklich.

Ich hatte ein Bild kreiert, was größtenteils die Farben Braun und Gold enthielt, zu dem einen kleinen Klecks rot. Dann hatte ich es auf Insta gepostet und Mr.LovaLova eine private Nachricht geschrieben, dass er nun grübeln konnte, welche Sorte von Muffins ich am liebsten aß.

Das Wochenende über studierte ich den Vertrag, schrieb weiterhin mit Mr.LovaLova und freute mich unbändig auf Montagmorgen, wenn ich endlich Ben sehen und er sich durch irgendein kleines Detail verraten würde. Joe und Tom kamen am Sonntag in die WG und ich freute mich, als Tom vorschlug, einfach die Fäden in meiner Braue zu ziehen. Zwar war die Haut immer noch deutlich verfärbt, doch konnte ich schon wieder das Lid aufschlagen und die Schwellung war sichtbar zurückgegangen. Mit Christine hatte ich meinen Kleiderschrank entrümpelt und wir hatten wohlüberlegt einige Outfits zusammengestellt, womit ich zwar nicht supermodern rüberkam, aber zumindest seriös. Meine geliebte Strickjacke war leider nicht dabei.

Es dauerte lange, bis ich am Sonntagabend endlich in den Schlaf fand und ich wurde, noch bevor der Wecker am Montag um 5:30 Uhr klingelte, wach.

Euphorisch hüpfte ich aus dem Bett, zog meine Brille auf und marschierte ins Bad. Eine Mischung aus

Aufregung und totaler Freude machte sich in mir breit und ich spürte, dass sich die ›Trina-Zeit‹ deutlich veränderte, denn am liebsten wäre ich um 6 Uhr losgefahren. Ich hatte mit Christine und Joe darüber gesprochen, dass ich, zur Feier des Tages (Arbeitsvertrag) die ganze Woche unser Auto haben durfte. Alles war perfekt. Ich schminkte mich sogar etwas, was ich eigentlich nur selten tat, und wirklich gut war ich darin auch nicht. Aber es gefiel mir, als ich in den Spiegel schaute. Meine Haare hatte ich etwas zusammengebunden, aber ich achtete immer noch darauf, dass ich einen tiefen Seitenscheitel trug und ich hoffte, dass ich dieses Mal dem Drang widerstehen konnte, die Haare hinter meine Ohren zu klemmen. Um 6:45 Uhr saß ich mit Kribbeln im ganzen Körper am Küchentisch und versuchte, wenigstens ein Brot zu essen. Ich war sehr nervös.

Ich hatte eine geschlagene halbe Stunde im Auto auf einem Parkplatz der zur Agentur gehörte, gewartet. Ich war viel zu früh losgefahren. Um kurz vor 8 stieg ich dann aus und machte mich auf den Weg. Als ich vor den Aufzügen stand und wartete, kam Sarah auf Stöckelschuhen angelaufen, im Arm hatte sie einen großen Karton, der fast ihr Gesicht verdeckte.

»Guten Morgen.« Sie streckte mir die Finger entgegen, ohne den Karton loszulassen, die ich kurz ergriff und so tat, als schüttelte ich sie. »Ich bin übrigens Sarah. Willkommen im Team.« Wieder waren ihre hellblonden Haare zu einem perfekten Knoten im Nacken gebunden und sie trug ein Kostüm bestehend aus einem Rock und einem kurzen Jackett, beides in weinrot.

»Und? Aufgeregt am ersten Tag?«, fragte sie, als wir auf den Aufzug warteten.

»Etwas. Aber ich freue mich sehr, für die Agentur arbeiten zu dürfen. Da hatte ich gar nicht mit gerechnet. Ich dachte, Benedikt von Weiden entscheidet sich für einen der anderen Bewerber.«

Der Aufzug kam.

»Ben kommt es mehr auf die inneren Werte an. Da war mir schon klar, dass einige durch das Raster fallen«, entgegnete Sarah, stellte den Karton auf den Boden und drückte die 7. Die Türen schlossen sich. *Weiß ich doch, dass es ihm mehr auf die inneren Werte ankommt.*

Ich schaute auf den Karton.

»Muffins«, sagte Sarah, als sie meinen Blick bemerkte.

»Wie bitte?«

»Ich habe Muffins gebacken. Ich habe heute Geburtstag.«

»Oh, meinen Glückwunsch.«

Der Aufzug kam zum Stehen. Die Türen öffneten sich. Kein Mitarbeiter war in der Agentur. Wir waren die Ersten. Sarah schob mit dem Fuß den Karton bis zur Information, was offensichtlich ihr Arbeitsplatz war.

»Die Meisten trudeln erst so um halb 9 ein, auch wenn Ben verlangt, dass wir um 8 beginnen. Sollen wir noch einen Kaffee trinken?«

»Gerne.« Ich beobachtete Sarah, wie sie in den Gemeinschafts- und Pausenraum stöckelte, der sich genau hinter der Information befand. Den Karton schob sie weiterhin vor sich her und erst in der modernen Küche hob sie ihn vom Boden auf und stellte ihn auf die Küchenzeile. Dann begann sie, den Kaffeevollautomat auf Touren zu bringen.

»Sarah, das mit Herrn Frisetti war etwas unglücklich. Sicher hast du dir deinen Teil gedacht. Er hat mir nur geholfen, etwas zu befestigen.« Das Kind beim Namen nennen.

Zu meiner Überraschung lachte sie. »Marco. Der weiß, wie man es macht.«

»Wie meinst du das?«

»Er ist hier der Liebling von allen. Alle Mädels himmeln ihn an und versuchen, ihn zu beeindrucken, was nahezu unmöglich ist. Er ist Perfektionist. Zumindest in seinen Arbeiten und du wirst von vielen nicht gerade darum beneidet, mit ihm und Ali in einem Zimmer zu sitzen. Aber, er ist ein Weiberheld, was auch immer er bei dir festgemacht hat. Also, sieh dich vor«, lachte sie und reichte mir eine Tasse Kaffee.

»Meine Freundin hat mir Strümpfe gegeben, die an solchen Dingern festgemacht werden. Und die sind aufgegangen.«

»Strapse? Oh ja, damit kennt sich Marco aus.«

Ich räusperte mich kurz. »Weil seine Mutter ein Unterwäschegeschäft hier in der Stadt hat. Ist doch so, oder?« Noch ehe ich ganz ausgesprochen hatte, brach Sarah in lautem Gelächter aus.

»Das hat er dir erzählt? Seiner Mutter gehört dieser ganze Komplex hier und Marco hat ein Loft ganz oben im Gebäude.«

Dieses Arschloch. Da hat der mich doch glatt angelogen. Ich spürte, wie mir die Farbe aus dem Gesicht lief und sich in Flecken auf meinem Hals niederließ.

»Aber keine Sorge, ich habe es keinem erzählt.«

Ich versuchte, ein Grinsen zustande zu bekommen, ob es mir gelang, wusste ich nicht. Aber dem würde ich noch das passende dazu sagen. Perfektionist hin oder her.

Nach und nach trudelten alle Mitarbeiter der Agentur ein. Und dann kam er. Benedikt von Weiden lächelte mich an und zwinkerte mir sogar zu.

»Sie sind hier, also gehe ich davon aus, dass Sie sich entschieden haben, für mich zu arbeiten.«

»Oh ja, das habe ich.«

Zitternd zog ich den Umschlag mit dem Vertrag aus meiner Handtasche und hielt ihm den entgegen. Er nahm ihn mir aus der Hand, lächelte mich unbeschreiblich schön an und wandte sich dann an Sarah. »Herzlichen Glückwunsch zum Geburtstag!« Er küsste sie auf beide Wangen. »Sag mir nur eins, Sarah, wo stehen sie?« Sarah lachte.

»In der Küche. Bediene dich.«

Ben ging in die Küche und kam kurz darauf mit einem Muffin in der Hand wieder. Er grinste mich an und biss genüsslich rein. »Die besten Muffins, die es gibt!«, sagte er mit vollem Mund, zwinkerte mir wieder zu und ging dann in sein Büro. Es waren Muffins mit bunten Streuseln. Und der Teig war hell. Könnte man aber auch als orange interpretieren. Mmh …

Wie sich herausstellte, kam Ali, der Mann, der mit mir und Marco in einem Büro sitzen sollte, auch an diesem Tag nicht, da er immer noch krank war. Ich sollte auf Marco warten und Sarah versicherte mir, dass er meist einer der Letzten war, die eintrudelten, was mich nicht sonderlich wunderte. Er erweckte auf mich den Eindruck eines ›Schlonzes‹.

*** *Schlonz (Sg), Schlonze (Pl): Ein Ausdruck für unpünktliche, unverschämte, selbstverherrlichende, überaus überhebliche und eingebildete Menschen, die stets nur an sich selbst denken und denen es völlig egal ist, wie andere über sie denken. Christine gerät ständig an Schlonze, ich versuche es tunlichst zu vermeiden.* ***

Nachdem ich mit Sarah über die Verarbeitung eines Muffin Teiges gesprochen hatte, wusste, wie ihre

Tante und ihr Onkel mit Vornamen hießen und erfahren hatte, dass sie Solo war, ging endlich die Haupttüre auf und Marco kam hereingeschlendert. Er sah aus, als sei er gerade erst aus dem Bett gekommen.

»Na, hattest du eine anstrengende Nacht?«, fragte Sarah, marschierte in die Küche und kam kurz darauf mit einem Kaffee in der Hand wieder. Den reichte sie ›Schlonz‹, ich meine Marco.

»Mmh.« Zu mehr Worten war er wohl noch nicht in der Lage. Ich funkelte ihn nur wütend an. Die Sache mit dem Unterwäschegeschäft würde ein Nachspiel haben. Ganz sicher sogar. Ich trommelte mit den Fingern auf der Theke der Information rum und wartete darauf, dass Brillenschlange mit seinem Kaffee fertig wurde. Er ließ sich Zeit und würdigte mich keines Blickes.

Erst als er die leere Tasse auf die Theke stellte und Sarah zunickte, was wohl so viel hieß wie: ›Du darfst abräumen‹, wandte er sich mir zu.

»So. Na dann mal an die Arbeit!«

Er ging schnellen Schrittes voraus in unser Büro und es blieb zumindest bei mir nicht unbemerkt, dass ihn alle Frauen - wobei das leicht übertrieben ist, Mädchen trifft es wohl besser - anlächelten und plötzlich nahezu jede eine Oberweite von einem D-Körbchen hatte, flache Bäuche und volle Lippen. Für mich war er Mittel zum Zweck … und natürlich ein Arbeitskollege, damit musste ich jetzt leben. Aber, ich würde ihn dafür benutzen, mehr über Benedikt von Weiden zu erfahren. Allerdings, Arbeitskollege, Schlonz, Brillenschlange hin oder her, eine Lektion müsste ich ihm erteilen und es kam mir doch sehr entgegen, dass er offensichtlich vergessen hatte, seinen Hosenstall zuzumachen.

Ich schloss hinter uns die Tür. »Bleibst du mal gerade stehen?« Er drehte sich um und schaute mich fragend an. Ich ging auf ihn zu. »Lass mich dir helfen«, ich packte den Bund seiner Hose, gleichzeitig den Reißverschluss und zog ihn mit einem Ruck nach oben, »deine Hose zuzumachen. Ich kenne mich mit dem Mechanismus sehr gut aus. Meine Mutter hat einen Jeans Laden. Hier in der Stadt!«, zischte ich und sah ihn wütend an. Marco krümmte sich kurz und keuchte einmal auf.

»Du hättest mir fast …«

»Was hätte ich? Dir die Fleischwurst eingeklemmt? Oder doch eher Gehacktes?« Ich stemmte die Hände in die Hüften und wartete darauf, dass er sich zu der Sache mit dem Unterwäschegeschäft äußerte.

Er lachte und fuhr sich mit einer Hand durch seine Haare. Dann schob er mit dem Zeigefinger seine Brille hoch und grinste mich an. »Entschuldige, ich wollte dich nicht in Verlegenheit bringen. Du hast gefragt, woher ich mich mit den Dingern, die du da getragen hast, auskenne. Was hätte ich dir sagen sollen?«

Ich gestikulierte wild mit den Armen. »Vielleicht mal mit der Wahrheit probieren!«

»Okay. Gut. Also in Wahrheit bin ich unheimlich pragmatisch.«

»Pragmatisch? Du bist ein Weiberheld und kennst dich vermutlich mit dem Schließmechanismus von Strapsen ebenso gut aus, wie mit dem von BH`s. Das ist die Wahrheit. Widerlich! Und noch was will ich dir sagen. Ich bin seit kurz vor 8 im Büro und warte auf dich. Morgen kommst du pünktlich!« Ihm klappte der Mund auf, dann verdunkelte sich seine Miene zunehmend.

»Du weißt, dass ich hier dein Vorgesetzter bin, o-der? Ich meine, das hast du auf dem Schirm, ja?«

Er zeigte auf den Schreibtisch, der genau seinem gegenüber stand. Ich setze mich. »Mein Vorgesetzter ist Benedikt von Weiden. Steht im Vertrag. Also hör auf, mich mit so einem Scheiß einschüchtern zu wollen!« Ich schob meine Brille nach oben, weil sie mal wieder das Rutschen begann. Marco presste die Lippen zusammen und drückte irgendeinen der unzähligen Knöpfe auf dem riesigen Telefon.

»Sarah, sei bitte so gut und bringe mir noch mal den Vertrag von Trina. Müsste bei Ben sein. Danke!« Während er das sagte, schaute er mich an. Dann lehnte er sich lässig zurück, verschränkte die Arme hinter dem Kopf und nickte mir zu. »Trägst du heute keine Strapse?«

»Das geht dich nichts an.«

Es klopfte. »Komm rein!«, sagte Marco laut.

Sarah kam, wie gewohnt mit dem Headset am Ohr, und brachte Marco den Umschlag mit meinem Vertrag und außerdem stellte sie uns zwei Muffins auf den Tisch. Sie lächelte mir kurz zu, dann verließ sie das Büro. Marco stand auf, zog währenddessen den Vertrag aus dem Umschlag, kam auf mich zu und stellte sich genau hinter mich. Dann schlug er Seite 3 auf, beugte sich zu mir runter und tippte mit dem Finger auf eine Klausel.

Und da stand tatsächlich, dass ich in allen Belangen, bezüglich Grafik, Marco Frisetti unterstellt war. Ich drehte erschrocken den Kopf und stieß fast gegen ihn. Dann rutschte ich mit meinem Schreibtischstuhl zurück, stand auf, schnappte mir den Vertrag und marschierte aus dem Büro. Das müsste ich mit Benedikt von Weiden klären.

»Sarah? Könnte ich mit Ben sprechen?«

»Klar, einfach anklopfen und die Türe nicht verfehlen.« Sie zwinkerte mir zu, doch mir war das Lachen abhandengekommen. Schnellen Schrittes lief ich auf die Glasfront zu und sah Ben an seinem Schreibtisch sitzen. Ich klopfte, er winkte mich sofort lächelnd herein.

»Entschuldigen Sie bitte die Störung, aber ich habe da ein Problem.«

Er zeigte auf den durchsichtigen Stuhl. »Bitte. Und da du ja jetzt für mich arbeitest, können wir gerne das Sie weglassen.«

Ich setzte mich und legte den Vertrag auf den Tisch. »Gerne. Da sind wir eigentlich auch gleich beim Thema. Es geht nämlich um Marco Frisetti. Ich habe gesehen, dass es eine Klausel gibt, in der steht, dass ich Marco untergeordnet bin. Ist das richtig so? Ich meine, ich dachte, ich arbeite für Sie … du … ich meine dich.«

Ben beugte sich weiter vor und lächelte mich an. »Marco ist dein Ansprechpartner. Auch wenn Grafik meine absolute Leidenschaft ist, so schaffe ich leider nicht, alle Bereiche zu bedienen. Marco leitet die Abteilung Grafik, ich kümmere mich sehr um den Marketing-Bereich. Aber, gibt es ein Problem? Mir ist sehr wichtig, dass meine Mitarbeiter jederzeit mit mir über Unstimmigkeiten sprechen können.«

Ich holte tief Luft. »Er ist unpünktlich, er ist nicht sonderlich professionell in seiner Art, mit Mitarbeitern umzugehen und er ist anzüglich!«

»Er ist der Beste. Er ist der beste Grafiker, den ich kenne und glaube mir, er hat einen guten Kern.«

»Wäre ja schön, wenn ich diesen guten Kern finden würde. Momentan glaube ich da nämlich nicht dran.«

Ben lachte, dann wurde er ernst. »Nimm dir mal einen Muffin von Sarah. Schon probiert? Die sind köstlich. Und Zucker hilft doch immer bei Aufregung, hab ich Recht?«

Ich schmunzelte ihn an, ertappte mich dabei, ihm auf die Finger zu schauen und festzustellen, dass sein Mittelfinger tatsächlich in etwa so lang war, wie ein Kuli und stand dann fast schon widerwillig auf. »Wenn noch irgendetwas ist, ich habe immer ein offenes Ohr dafür, ja?«

»Vielen Dank. Bis später.« Ich verließ das Büro. Er war es. Er war Mr.LovaLova. Was für ein Zufall. Und wir wussten es beide.

#dreizehn

In dem Moment, indem ich wieder in unser Büro gehen wollte, machte sich mein Handy bemerkbar. Trotz der Tatsache, dass meine Laune nicht unbedingt im oberen Bereich war, weil ich mit Brillenschlange in Zukunft zusammenarbeiten müsste, machte sich eine kleine Freude in mir breit, denn der Ton, den mein Handy gemacht hatte, war für eine Nachricht auf Insta. Das konnte nur Mr.LovaLova sein.

Ich stiefelte ins Büro und setzte mich. Einzig die Tatsache, dass Marco aufstand und murmelte, er würde mal zur Toilette gehen, erhellte. Just, als die Tür ins Schloss fiel, zog ich mein Handy aus der Hosentasche und tippte auf die Insta App. Eine private Nachricht. Von Mr.LovaLova.

> **Mr.LovaLova** Wie ist dein erster Arbeitstag?

Ich schrieb grinsend zurück.

LoverCover94 Eigentlich ganz gut.

Mr.LovaLova Wieso eigentlich?

Ich schüttelte den Kopf und sah kurz aus dem Fenster. Es wäre eigentlich doof, ihm zu schreiben, dass ich mich über Marco so aufregte. Hatte ich ihm ja eben erst im Büro gesagt.

> **LoverCover94** Na ja, man kann sich halt nicht aussuchen, mit wem man zusammenarbeitet.

> **Mr.LovaLova** Oh, ist es so schlimm? Tritt demjenigen in den Arsch. Du machst das schon. Oder kneif die Backen zusammen und denke an mich ☺

Gerade, als ich zurückschreiben wollte, ging die Türe auf und Marco kam rein.

»Private Nachrichten bitte in deiner Freizeit!«

»Jawohl, Chef!«, entfuhr es mir böse.

»Ja. So will ich das hören. Mein Tag ist jetzt schon gerettet.«

Auf dieses Schlonz-Gerede antwortete ich gar nicht mehr und versuchte, mich nur auf die Arbeit zu konzentrieren. Und das war auch gut so. Es gab viele Aufträge, um genau zu sein, so viele, dass das zwei Leute alleine gar nicht bewerkstelligen konnten. Und jeder Entwurf, den ich Marco zeigte, fiel bei ihm durch. Einmal gefiel ihm die Farbwahl nicht, ein anderes Mal hatte er etwas an der Schrift auszusetzen und so schlonzig er wohl im Privatleben war, umso verbissener war er es auf der Arbeit und ich konnte nicht leugnen, dass er sich dieses Verhalten erlauben konnte. Er war gut. Er war sehr gut, indem was er machte. Ein Perfektionist, wie er im Buche stand.

Einzig den Muffin, den Sarah gebracht hatte, hatte ich gegessen. Das war alles. Marco ließ keine Pausen zu und auch darüber müsste ich wohl oder übel mit Ben sprechen oder aber es bei Mr.LovaLova anklingen lassen. Vielleicht würde sich dann mal was ändern. Nein, anders: Würde sich dann was ändern, läge es absolut auf der Hand, dass Mr.LovaLova Benedikt von Weiden war.

Ich stand am Nachmittag auf und reckte mich ausgiebig. Marco sah mich erstaunt an.

»So, ich mache Feierabend.« Ich packte meinen Krempel zusammen.

»Du machst nicht Feierabend. In einer Stunde darfst du gehen. Jetzt wird noch gearbeitet!«

Ich setzte mich wütend wieder hin. »Ich habe 8 Stunden gearbeitet! Ich darf jetzt gehen!«

Er sah auf seine Uhr und schüttelte den Kopf. »Wir haben erst um 9 Uhr angefangen. Eine Stunde bleibst du noch.«

Das konnte er nicht machen ...

»So, jetzt hör mal zu! Ich war um 8 Uhr hier. Wenn du erst um 9 kommst, ist das nicht mein Problem.«

Marco lehnte sich zurück und lachte. »Ich bin sogar schon um 6 gekommen.«

»Und solche Bemerkungen«, ich stand wieder auf und griff meine Tasche. »Verbitte ich mir in Zukunft!« Mit diesen Worten verließ ich das Büro und knallte die Tür hinter mir zu. Alle Anwesenden im Großraumbüro – und es waren nicht mehr viele, da die meisten bereits Feierabend gemacht hatten - waren sichtlich enttäuscht, dass nur ich es war, die herausgestürmt kam.

Auch Sarah war an der Information damit beschäftigt, ihre Sachen zusammenzupacken.

»Sarah, wäre es unverschämt von mir, dich zu fragen, ob du noch einen Muffin für mich hast?«

Sie lachte und stöckelte sofort in die Küche.

»Wie viele willst du haben?«, hörte ich sie fragen.

»Einer reicht völlig.« *Ich will nur die Farben analysieren.*

Sarah kam wieder und reichte mir einen Muffin, eingepackt in einer Serviette.

»Vielen Dank. Ist wirklich sehr lecker. Ist ... Ben noch da?«

Sie schulterte ihre Handtasche und kam zu mir. »Ich fahre mit dir runter. Ben ist schon weg. Drück die Daumen, wir hoffen, dass er einen großen Fisch an

Land zieht. Das wäre wirklich der absolute Wahnsinn. Wieso? Was wolltest du von ihm?«

Wir standen vor den Aufzügen und warteten.

»Ach, am liebsten würde ich ihn fragen, ob ich nicht auch im Großraumbüro sitzen darf.«

Sarah sah mich schmunzelnd an. »Wegen Marco?«

Ich stöhnte nur auf und verdrehte dabei die Augen. »Er ist anstrengend. Und alles, was ich mache, ist falsch in seinen Augen.«

Endlich kam der Aufzug. Wir stiegen ein und noch bevor Sarah die Taste E drückte, zeigte sie auf eine, neben der ein Schloss war. »Das ist das Loft von Marco. Ganz oben. Wunderschön.« Dass es mich nicht die Bohne interessierte, wie Brillenschlange wohnte, versuchte ich mir nicht anmerken zu lassen. Ich nickte nur und sagte: »Aha.«

Unten angekommen verabschiedeten wir uns voneinander und ich war heilfroh, als ich endlich im Auto saß und nach Hause fahren konnte.

Erschöpft setzte ich mich an den Küchentisch, ließ meine Handtasche einfach zu Boden gleiten und las den Zettel, der auf dem Tisch lag.

> Ich bin zu meinen Eltern gefahren. Ich komme heute Abend wieder. Wird später. Aber Joe kommt. HDL, Küsschen, Christine

Ich erledigte noch schnell den Anruf bei meinen Eltern, um ihnen zu sagen, dass ich nicht nur endlich eine neue Arbeitsstelle, sondern heute auch noch meinen ersten Arbeitstag hinter mich gebracht hatte, dann zog ich meine Klamotten aus und den Schlafanzug an. Ich würde heute ohnehin nicht mehr vor die Türe gehen.

Ich legte mich mit Handy aufs Bett und würde Ben beziehungsweise Mr.LovaLova eine Nachricht schreiben. Als Marco just in dem Moment ins Büro kam, als ich gerade dabei war zurückzuschreiben, ging es ja nicht mehr. Ich sollte dies ja in meiner Freizeit tun. Arschloch!

> **LoverCover94** Hey. Entschuldige, ich konnte heute Morgen nicht mehr zurückschreiben ... mein Vorgesetzter hat mir gesagt, ich dürfe dies nur in meiner Freizeit tun.

Ich sah, dass er online war und wartete gespannt auf seine Antwort.

> **Mr.LovaLova** Scheint ja nicht ein besonders sympathischer Mensch für dich zu sein.

> **LoverCover94** Oh nein. Das ist er auch nicht. Am meisten ärgert mich, dass er

mir eben sagte, ich dürfe noch nicht gehen, obwohl ich schon seit 8 Uhr im Büro war. Er kam aber erst um 9. Müsste ihm wirklich mal einer sagen. Finde ich unverschämt!

Mr.LovaLova Müsste ihm sein Chef mal sagen …

Ich lachte. Genau … sein Chef müsste ihm das sagen.

LoverCover94 Oh ja. Ich hoffe sehr darauf. Dann könnte ich morgen pünktlich anfangen und müsste mir nicht mehr anhören, ich dürfe noch nicht gehen.

Mr.LovaLova Wer weiß. Vielleicht ist er ja morgen pünktlich. Könnte sein, oder? Ich drücke dir auf jeden Fall die Daumen.

LoverCover94 ☺ Vielen Dank

Mr.LovaLova Wofür?

LoverCover94 Für so vieles …

Ich legte mein Handy zur Seite und nahm mir vor, den Muffin zu inspizieren und zu schauen, ob jede

Farbe im Bild, was Mr.LovaLova designt hatte, enthalten war.

Als ich in die Küche trat, traute ich meinen Augen nicht. Im letzten Moment schrie ich: »Nicht essen!« Joe war gerade dabei, den letzten Happen des Muffins in den Mund zu stecken.

»Ach, war das deiner?«, fragte er mit vollem Mund.

»Mann, Joe! Kannst du nicht fragen?« Ich entriss ihm wütend das letzte Stück und erleichtert sah ich, dass wenigstens eine Ecke mit bunten Streuseln übergeblieben war. Und diese Ecke musste zur Analyse herhalten und vor allem reichen.

»Tut mir leid, Baby, sah so verführerisch aus und schmeckt echt lecker.«

Ich sah auf das kleine Stück, auf dem einige Streusel waren. »War ein Streusel, den du gegessen hast, blau?«

Joe sah mich irritiert an. »Was?«

»Ob da auch blaue Streusel drauf waren!«

»Keine Ahnung. Ich habe ihn nur gegessen.«

»Super, Joe. Vielen Dank auch!« Wütend ging ich mit dem kleinen Stück Muffin in mein Zimmer, behandelte den Krümel wie ein rohes Ei und legte ihn neben den Computer. Dann machte ich mich an die Analyse.

Nach einer guten Stunde war ich soweit, wie vor der Analyse. Fakt war, es fehlte dem Muffin an Orange und vor allem aber an Blau. Oder: Joe hatte ausgerechnet den Teil gegessen, der orange und blau enthielt. Mist.

Nach einer weiteren halben Stunde gab ich es auf. Vielleicht hatte ich Glück und Sarah hätte noch einige der Muffins in der Agentur gelassen. Dann könnte ich mir vielleicht einen nehmen und morgen schauen, ob der denn wenigstens orange und blau enthielt.

An diesem Abend machte ich gar nichts mehr. Selbst zum Essen fühlte ich mich zu müde. Als ich um 21 Uhr im Bett lag, dauerte es keine Minute mehr und ich war eingeschlafen (Leider ohne mir den Wecker zu stellen).

Als ich am nächsten Morgen wach wurde, es war noch alles dunkel, schaute ich verschlafen auf mein Handy. Ich legte es zur Seite und schlief erneut ein. Ob es ein Traum war oder nicht, konnte ich im Nachhinein nicht mehr sagen. Mir war, als habe ich auf dem Handy die Uhrzeit 7:12 gelesen. Erneut nahm ich es in die Hand, setzte dieses Mal vorsorglich meine Brille auf und sah erschrocken, dass es bereits 7:55 Uhr war. Ich keuchte, sprang aus dem Bett, verließ mein Zimmer und stürmte in Joes Zimmer.

»Joe! Joe! Ich habe verschlafen!«

»Geh weg! Ich fange doch erst später an!«

Ich hastete ins Bad, putzte mir in Windeseile die Zähne, versuchte meine Haare halbwegs hinzubekommen und entschied mich letztlich für einen ›Ich habe keine Zeit, mich mit meinen Haaren auseinanderzusetzten-Dutt‹, lief zurück in mein Zimmer und zog mich, so schnell ich konnte, an. Auf Kaffee und Frühstück verzichtete ich und saß nur 20 Minuten später in unserer ›Biene‹ und fuhr los. Ich murmelte während der gesamten Autofahrt nur immer wieder das eine Wort: Scheiße.

Um viertel vor 9 war ich endlich da, parkte und lief zum Gebäude. Natürlich, ich meine, wie könnte es anders sein, dauerte es wahnsinnig lange, ehe der Aufzug kam. Wenn Marco heute wieder so unzuverlässig wie gestern wäre, würde es kaum auffallen, dass ich zu spät war.

Gehetzt trat ich aus dem Aufzug und lief zur Information. Sarah saß natürlich schon da und war in ihre Arbeit vertieft. Sie sah erst auf, als ich da stand und mich räusperte.

»Ich hab verschlafen. Tut mir leid. Ist Ben schon da?«

»Nein, Ben kommt erst heute Mittag. Aber Marco ist da. Stell dir vor, pünktlich um 8 Uhr war er hier.« Das Telefon schien ununterbrochen zu bimmeln. Schon wieder musste Sarah telefonieren. Ich durchquerte das Großraumbüro, hob kurz die Hand zum Gruß, klopfte an das Büro und trat ein. Marco sah

183

kurz auf, machte dann aber weiter mit was auch immer.

»Guten Morgen«, sagte ich leise und setzte mich auf meinen Platz.

»Morgen«, hörte ich es leise. Ich machte meinen Computer an, legte mein Handy neben mich und versuchte dem Drang zu widerstehen, nachzuschauen, ob Mr.LovaLova mir eine Nachricht geschickt hatte. Fakt war, Ben musste mit Marco über die Unpünktlichkeit gesprochen haben, weil ich gestern auf Insta das Thema angeschnitten hatte. Inzwischen zweifelte ich nicht mehr daran, dass Ben Mr.LovaLova war.

»Tut mir leid, dass ich zu spät bin. Ich habe ganz klassisch verschlafen.«

»Aha.«

Ich rief das Cover auf, mit dem ich gestern noch begonnen hatte. Gewünscht wurde von einem großen Verlag, ein Cover, was zu einem Polit-Thriller passen sollte. Ich hatte dafür alles vorliegen. Sämtliche Informationen hatte ich mir bereits gestern durchgelesen und auch sofort ein Bild vor meinem inneren Auge gehabt. Akribisch begann ich mit meiner Arbeit.

»Willst du einen Kaffee haben?«

Im ersten Moment war mir danach, mich umzudrehen und den Menschen zu suchen, für den diese Frage bestimmt war, weil ich es nicht fassen konnte, dass Brillenschlange mit mir gesprochen hatte. Ich versuchte cool zu bleiben.

»Ja, gerne.«

»Dann bring mir bitte einen mit. Mit Milch und Zucker.«

Ich sah ihn an. Es dauerte sicherlich 10 Sekunden, ehe Marco aufsah und mich mit hochgezogenen Augenbrauen anstarrte.

»Ich habe es mir anders überlegt. Ich möchte keinen Kaffee mehr haben.« Ich sah ihn mit einem ›Ätsch-Gesicht‹ an. Dann konzentrierte ich mich wieder auf meine Arbeit.

»Sarah, ich möchte einen Kaffee haben. Schick die Praktikantin.« Ich hob den Kopf und schaute nur abwertend in seine Richtung.

»Nein, Trina möchte keinen Kaffee haben. Das wäre dann alles. Danke.« Er drückte einen Knopf, hustete kurz und machte weiter mit seiner Arbeit.

Fakt war, ich musste mit Ben darüber sprechen. Ihm sagen, dass man mit manchen Menschen gut zurechtkam, dass es eben aber auch Konstellationen gab, die einfach nicht passten. Und Marco und ich waren solch eine schlechte Konstellation. Über einen längeren Zeitraum konnte und wollte ich mit diesem Mann nicht arbeiten. Ende.

Nach nur kurzer Zeit klopfte es zaghaft an der Tür.

Keine Reaktion von Marco. Wieder klopfte es.

»Willst du denjenigen nicht hereinbitten? Ist bestimmt dein Kaffee, der dir gebracht wird, weil du ja in einer Position bist, in der du ihn dir nicht selber holen musst.«

»Ja!«, sagte er laut, sofort ging die Tür auf und die Praktikantin kam herein mit einer Tasse Kaffee und obendrein war der Unterteller auch noch mit Plätzchen dekoriert. Ich konnte nur noch mit dem Kopf schütteln, was die Praktikantin nicht sah, weil sie nur Marco anhimmelte.

»Das sieht aber lecker aus. Vielen Dank. Hast du das gemacht?« Marco setzte ein Lächeln auf und zwinkerte die Praktikantin an, die ganz verlegen wurde und nur nickte. Und fast schon widerwillig drehte sie sich um und verschwand aus dem Büro.

»Du musst es ja nötig haben«, entfuhr es mir.

Er schlurfte seinen Kaffee. Laut. Sodass mir das Wasser im Munde zusammenlief.

»Wieso?« Und jetzt grinste er mich auch noch frech an und steckte sich ein Plätzchen in den Mund.

»Mit kleinen Praktikantinnen rum flirten, damit gesichert ist, dass sie dir auch ja einen Kaffee bringen. Du bist dir auch für nichts zu schade. Schlimm.«

»Ich habe gar nicht geflirtet.«

»Du hast das Mädchen angezwinkert und angelächelt!«

»Ich habe auch dich angezwinkert und angelächelt. Und? Habe ich mit dir geflirtet?« Er lächelte und zwinkerte mir zu.

»Ich lasse nur mit mir flirten, wenn ich das möchte.«

»Und du möchtest nicht, dass ich mit dir flirte?«

Ich antwortete darauf nicht mehr, weil mir das Gespräch zu blöd wurde. Wenn wenigstens Ali hier wäre. Obwohl ich den Mitarbeiter nicht kannte, hoffte ich, er würde morgen wieder kommen, damit ich nicht mehr mit Marco alleine wäre.

Nach einer weiteren Stunde, die wir da saßen, arbeiteten und kein Wort miteinander wechselten, stand ich auf, um mir endlich meinen ersten Kaffee an diesem Tag zu holen. Außerdem fand ich es äußerst schlecht, dass ich mich so gar nicht mit Marco verstand, denn schließlich wollte ich ihn über Ben ausquetschen. Also sprang ich über meinen Schatten, auch wenn es mir äußerst schwerfiel.

»Ich hole mir einen Kaffee. Darf ich dir einen mitbringen?« Ich setzte mein I F D S – Lächeln auf.

*** *I F D S – Lächeln: Ich finde dich scheiße – Lächeln. Besonders geeignet für Schlonze, die meinen, ihnen gehöre die Welt. Negativ daran, Schlonze sind so von sich überzeugt, dass sie das I F D S – Lächeln tatsächlich als ehrlich und aufrichtig empfinden.* ***

»Ja, gerne«, sagte er, ohne mich anzusehen und hielt mir seine Tasse entgegen. Mein I F D S – Lächeln verschwand genauso schnell, wie es gekommen war. Ich nahm seine Tasse und marschierte aus dem Büro.

#vierzehn

»Sarah, kannst du mir kurz erklären, wie der Kaffee-vollautomat funktioniert?«

»Klar. Komm«, sagte sie und ging in die Küche. Ich folgte.

»Will Marco auch noch einen haben?«

»Ja. Will er«, brachte ich zwischen zusammengebissenen Zähnen hervor.

»Ich mach schon.« Sarah mochte ich sehr. Dachte ich anfangs, sie sei affektiert und eingebildet, so empfand ich jetzt nach nur zwei Tagen genau das Gegenteil. Sie war ein lieber Mensch. Mehr nicht und weniger auch nicht.

»Sarah, darf ich dich mal was fragen?«

»Ja. Schieß los.«

»Hat Ben eine Freundin?«

»Du meinst eine Frau, mit der er sein Bett teilt?«

Ich nickte.

»Ich glaube nicht. Wieso? Findest du ihn gut?«, fragte sie und rührte in Marcos Tasse Milch und Zucker.

Ich wurde fleckig im Gesicht. »Na ja, ist ein hübscher Mann. Also ich finde ihn sehr attraktiv.«

»Das stimmt. Wobei ich ja immer sage, Attraktivität kommt von innen.«

»Ich glaube, auch die inneren Werte an ihm sind attraktiv.«

Sarah lächelte mich an und zuckte mit den Schultern. »Das ist Geschmackssache. Trinkst du auch mit Milch und Zucker wie Marco?«

»Ja.« *Jetzt trinke ich auch noch den Kaffee so, wie er es tut.*

»Ist Ben schon wieder zurück?«, fragte ich versucht beiläufig.

»Nein. Noch nicht, aber er müsste jeden Moment hier auftauchen.«

»Vielen Dank, Sarah, bis später.«

Ich nahm beide Tassen in die Hand und hoffte sehr, dass ich das Kunststück, die Tassen bis zum Büro unbeschadet zu bringen, schaffen würde. Als etwas Kaffee über den Rand von Marcos Tasse schwappte, freute ich mich und ich tat alles dafür, dass noch mehr überschwappte. Als ich mit beiden Tassen vor dem Büro stand, sprangen gleich 3 junge Damen auf, um mir die Tür zu öffnen und ich hatte natürlich schon mitbekommen, dass sie dies nur taten, um Marco zu sehen. Was die alle an dem fanden, wusste ich nicht.

Eine zierliche blonde Frau gewann das Rennen und klopfte an die Bürotür. Sie wartete lauschend.

»Mach die Tür einfach auf.«

Sie schaute mich erschrocken an, ehe sie die Tür ganz leise und langsam öffnete. Marco sah sofort auf. Die junge Dame winkte ihm kurz zu und noch ehe sie die Tür hinter mir schloss, hörte man ein Gekicher aus dem Großraumbüro.

»Du scheinst ja echte Fans zu haben.« Ich stellte ihm den Kaffee auf seinen Schreibtisch, ging zu meinem und setzte mich. Aus den Augenwinkeln nahm ich zufrieden wahr, dass Marco grimmig Tasse und Unterteller voneinander trennte und das Übergeschwappte zurück in die Tasse kippte. Ich arbeitete weiter.

Am Mittag war ich fertig mit meinem Cover und ich war höchst zufrieden mit mir. Ich genoss das gute Gefühl einige Minuten, weil ich genau wusste, dass Marco irgendetwas daran auszusetzen hatte. Dann zählte ich innerlich bis 3.

»Ich bin fertig mit dem Cover.«

»Lass sehen.«

Ich schickte ihm den Entwurf, stand auf und stellte mich neben seinen Stuhl. Er sah sich den Entwurf an. Länger. Und sagte nichts. Eigentlich hatte ich damit gerechnet, dass er nur kurz darauf schaute und unweigerlich irgendetwas bemerkte, was ihm nicht gefiel. Umso überraschter war ich, als er recht zufrieden nickte.

»Gut. Wirklich gut geworden. Gefällt mir. Sehr sogar. Gute Arbeit!«

Das ging runter wie Öl. Marco druckte den Entwurf aus und hielt ihn mir entgegen. »Lass das von Ben absegnen und dann können wir es dem Verlag schicken.«

Ich nahm es entgegen und freute mich das erste Mal an diesem Tag unbändig, weil ich jetzt Ben sehen durfte. Beschwingt und lächelnd verließ ich das Büro und machte mich auf den Weg.

Sarah war mal wieder wild damit beschäftigt, Anrufe entgegen zu nehmen und als ich fragend den Entwurf hochhielt, zeigte sie nur nickend zur Glasfront. Auf wackeligen Beinen ging ich hin und klopfte. Ben saß, wie jedes Mal, mit Anzug und Krawatte, an seinem Schreibtisch. Er telefoniert und winkte mich rein. Um genau zu sein winkte er mich nicht nur rein, sondern lächelte mich an und zeigte auf seinen Schoß. Ich schluckte. Wow. Ich schloss die Tür hinter mir und hatte das Gefühl, auf Wolken zu laufen. Jeden Schritt genoss ich, bis ich endlich bei ihm war. Ich setzte mich auf seinen Schoß, schaute ihn kurz an, dann ließ ich den Blick verlegen durch den Raum gleiten und wartete darauf, dass er mit dem Telefonat fertig wurde. Sah er irritiert aus? Aber ich saß gut. Ich konnte ihn sogar riechen.

Endlich beendete er das Telefonat, tippte einige Mal auf sein Handy, beugte sich etwas nach vorne (kam mir noch näher) und legte es auf den Schreibtisch.

»Trina?«

»Ja?«, hauchte ich.

»Stuhl!«

»Was meinst du?« Ich drehte den Kopf und sah ihm genau in die Augen.

»Der Stuhl. Neben mir.«

»Oh.« Ich stand hektisch von seinem Schoß auf, stützte mich unglücklicherweise dabei mit einer Hand in seinem Schritt ab, entschuldigte mich schnell, als ich spürte, wie er sich kurz krümmte und setzte mich dann auf den Stuhl, der neben ihm stand. Ich wusste es. Ich wusste, dass mein Gesicht aussah wie eine Landkarte. Nie zuvor hatte ich die Flecken so deutlich gespürt, wie in diesem Moment. Ben strich seinen Anzug glatt, räusperte sich kurz und lächelte mich dann an.

»So. Was kann ich für dich tun?«

Ich hielt ihm leicht zitternd den Entwurf entgegen. Interessiert nahm er ihn. Lange schaute er sich das Cover an. Ab und zu legte er den Kopf schief. Und manchmal spitze er kurz seine Lippen.

Dann legte er das Blatt auf den Schreibtisch, drückte einen Knopf auf dem Telefon und sagte Sarah, sie solle bitte Marco schicken. Ich wagte nicht, zu fragen, ob etwas mit dem Entwurf nicht stimmte. Ich biss mir auf die Lippe und versuchte Ben aus den Augenwinkeln zu beobachten. Wieso sagte er nicht mal was zu mir?

Fast schon erleichtert sah ich, dass Marco kam.

»Du wolltest mich sprechen?«, fragte er Ben und schloss hinter sich die Tür.

»Ja. Komm mal her.«

Marco kam um den Schreibtisch rum und blieb neben mir stehen. Ich stand auf und bot ihm den Platz an, der offensichtlich nur für ihn gedacht war. So war es ja auch beim Vorstellungsgespräch gewesen. Marco setzte sich, ohne sich bei mir zu bedanken. Ich ärgerte mich. Ich hätte sitzen bleiben sollen. Stattdessen stand ich nun neben Marco und fühlte mich wie ein Schulmädchen. Als ich dann auch noch spürte, wie Marco einen Arm um mich schlang und ich seine Hand auf meinem Hintern spürte, wäre ich am liebsten schreiend raus gerannt.

»Setz dich.« Marco zog mich an sich und ich fiel regelrecht auf ihn. Ich schnappte nach Luft und stand schnell wieder von seinem Schoß auf. »Ich stehe lieber!«

Marco zwinkerte mir grinsend zu. Das würde ein Nachspiel haben. Auf jeden Fall. Ben schien davon nichts mitbekommen zu haben. Er sah weiterhin den Entwurf an.

»Wie findest du das Cover?« Ben schaute Marco an.

»Genial. Absolut genial. Und du?«

»Ich bin wirklich beeindruckt. Hast du daran mitgearbeitet?«

»Nein. Hat Trina alleine gefertigt.«

Ben nickte. »Kommt deinem Stil sehr nahe.«

»Ja, finde ich auch. Hast du den Fisch an der Angel?«

Ben legte den Entwurf auf den Schreibtisch und lehnte sich zurück.

»Noch nicht. Aber gleich wissen wir mehr. Sie wollten sich melden. Wenn wir diesen Auftrag bekommen, schmeiße ich am Wochenende eine Party auf meine Kosten!«

Marco lachte. »Eine Party? Na, dann drücke ich uns mal die Daumen.«

Ich fühlte mich völlig fehl am Platz. Und einzig die Tatsache, dass es unverschämt wäre, jetzt einfach zu gehen, ließ mich weiterhin dastehen und zu tun, als ob ich an diesem Geplänkel interessiert wäre. Von Ben kam kein einziges Zeichen der Vertrautheit. Und das machte mir am meisten zu schaffen.

Marco stand auf. »Okay, sag mir gleich Bescheid, ob wir den Auftrag haben.«

»Mach ich.« Ben blieb sitzen und endlich schaute er mich an. »Gute Arbeit, Trina. Weiter so!« Noch ehe ich irgendetwas erwidern konnte, klingelte sein Handy. Marco war schon gegangen und auch ich hatte keinen Grund mehr, länger bei Ben zu bleiben. Er telefonierte. Ich verließ das Büro.

»Fass mir nicht mehr an den Hintern! Verstanden?«
Mit diesen Worten stapfte ich ins Büro und hoffte
sehr, dass es Marcos Fangemeinde im Großraumbüro
mitbekommen hatte, damit die Mädchen wussten,
was für ein Typ er war! Nämlich ein Grabscher!

»War nur nett gemeint. Ich fand es so niedlich von
dir, mir einen Platz anzubieten, da wollte ich mich re-
vanchieren.«

Verwundert sah ich auf meinem Schreibtisch eine
Tüte stehen.

»Was ist das?«, fragte ich.

»Ich habe mir erlaubt, dir einen Döner mitbringen
zu lassen. Du hast doch sicher Hunger, oder? Also, du
kannst mir nicht erzählen, dass du dir heute Morgen
noch die Zeit genommen hast, zu frühstücken.«

Ich lächelte und setzte mich. »Nein. Gefrühstückt
habe ich nicht mehr.« Damit hatte er einen kleinen
Pluspunkt eingeheimst. Hunger hatte ich.

»Guten Appetit.« Marco packte sich ebenfalls einen
Döner aus und begann zu essen.

Während wir aßen, schaute jeder auf sein Handy
und während Marco offensichtlich mit irgendeiner
Dame schrieb (er grinste wieder so unverschämt),
schaute ich auf Insta und sah, dass Mr.LovaLova mir
bereits heute Morgen um 7 Uhr geschrieben hatte.

Mr.LovaLova Ich wünsche dir einen guten Arbeitstag. Und ärgere dich nicht so

sehr über chaotische Mitarbeiter oder Vorgesetzte. Das Leben ist zu kurz, um sich zu ärgern ☺

Ich schrieb zurück.

LoverCover94 Gerade habe ich erst deine Nachricht gelesen. Vielen Dank für deine Wünsche, bisher war der Arbeitstag ganz gut. Und deiner?

»Dein Freund?«

Ich sah auf.

»Nein. Freund wäre übertrieben. Eine Insta-Bekanntschaft. Und bei dir? Deine Freundinnen?«

Ich nickte in Richtung seines Handys. Marco lachte und lehnte sich zurück. »Wie kommst du darauf, dass ich mehrere habe?«

Ich sah, dass Mr.LovaLova nicht mehr online war und legte mein Handy zur Seite.

»Du erweckst den Eindruck, gerne mal mehrere Damen zu haben. Aber, ich mag natürlich durchaus falsch liegen.«

»Wieso erwecke ich den Eindruck? Weil ich mich mit Schließmechanismen auskenne?«

Ich schüttelte lachend den Kopf. »Unter anderem.« Ich biss wieder in den Döner und überlegte fieberhaft, ob nun ein geeigneter Zeitpunkt wäre, Marco über Ben auszuquetschen.

»Du, Marco? Kann ich dich mal ganz ernst was fragen?«

»Du kannst mich auch lustig fragen. Dann hau mal raus!«, sagte er mit vollem Mund.

»Wie ist Ben so?«

»Der Chef?«

Ich verdrehte die Augen. »Ja.«

Marco steckte sich das letzte Stück Döner in den Mund, kaute und grinste dabei.

»Spießig.«

»Was meinst du mit spießig?«

»Na ja, schau ihn dir an. Er kommt jeden Tag im Anzug. Wieso fragst du? Willst du ihn klar machen?«

Ich gab ein schnalzendes Geräusch von mir. »Vergiss es einfach. Blöd, dich danach zu fragen.«

»Du stehst auf ihn, hab ich Recht?«

Ich steckte mir den Rest des Döners in den Mund und schüttelte wie so häufig mit dem Kopf. »Tust du wohl. Du wirst rot im Gesicht, Trina.«

»Ich … ich finde ihn ganz ansehnlich.«

»Viele finden ihn ansehnlich. Aber, wenn sie ihn dann näher kennenlernen … na ja.«

»Unterhaltung zu Ende«, sagte ich, stand auf, ebenso wie Marco, denn offensichtlich hatten wir ein gemeinsames Ziel: Den Mülleimer. Er hielt ihn auf. Ich schmiss die Tüte mit dem Alupapier hinein und wollte mich gerade wieder umdrehen, als er mich am Arm fest packte.

»Du hast da was am Mundwinkel hängen.«

»Oh.« Ich wischte mir schnell mit der Hand über den Mund. »Weg?«, fragte ich.

»Nein. Darf ich?«

Ich hielt ihm mein Gesicht hin. Etwas erschrocken war ich, als er gleich mit beiden Händen meinen Kopf packte und zum Licht drehte. Das war doch wieder irgendein Macho Gehabe. Er kam mir mit seinem Gesicht nahe und tat so, als würde er meine Mundwinkel inspizieren. Dann wischte er mit dem Daumen über meine Unterlippe. »Ich hab's gleich«, flüsterte er. Ich sah ihm auf den Mund. Ich meine, wo auch sonst sollte ich hinschauen?

Plötzlich ließ er meinen Kopf los. »Ich habe es.« Ich schob mit dem Zeigefinger meine Brille nach oben und sah auf seine Hand. Dann nickte ich. Er hatte mich mal wieder verarscht.

»Da ist überhaupt nix!« Ich funkelte ihn böse an.

»Doch. Hier.« Er hielt mir den Zeigefinger entgegen. Ich sah nichts. »Ein Sesam-Korn. Da! Willst du das noch essen oder darf ich?«

»Ach, du bist ein Idiot!«

Ich setzte mich wieder auf meinen Platz und sah, wie sich Março grinsend den Zeigefinger in den Mund steckte.

»Schmeckt's?«, fragte ich sarkastisch und rief die neuen Anfragen von Verlegern auf.

»Ich könnte mir vorstellen, von deinen Lippen schmeckt alles.«

»Dann stell dir das mal schön vor, denn in den Genuss kommst du nicht!«

»Aber Ben dürfte in den Genuss kommen?«

Ich lächelte nur, schaute aber weiterhin auf den Computer.

»Euch Frauen soll einer verstehen. Ihr seht einen Mann, findet ihn gutaussehend und wollt gleich was mit ihm anfangen. Ist gutes Aussehen alles?«

»Du verstehst das nicht. Und außerdem kannst du mir nicht erzählen, dass du auf innere Werte achtest. Ich bin mir sicher, du hattest schon einige Frauen, die einfach fantastisch aussahen und es war dir egal, ob sie dumm oder klug waren.«

»Das stimmt. Für eine Nacht hatte ich solche Frauen. Aber, nicht, um mit ihnen eine Beziehung eingehen zu wollen. Dafür muss man sich erst kennenlernen.«

Ich lachte. »Hör lieber auf, so klug daherzureden. Steht dir einfach nicht.«

Es klopfte an der Tür. »Ja!«, rief ich laut und sah Marco mit hochgezogenen Augenbrauen an, wobei die linke Braue mich doch immer wieder daran erinnerte, was am Scheißscheißtag passiert war. Die Praktikantin kam lächelnd herein und schaute nur Marco an.

»Hallo Lisa.«

»Hallo … Ma … Marco.«

Ich hatte es genau gesehen. Er hatte Lisa nicht nur angegrinst, sondern ihr auch noch zugezwinkert.

»Also, in 20 Minuten sollen alle ins Foyer kommen und ich wollte Sie … also dich fragen, ob ich dann gleich mit Ihnen hoch soll«, piepste sie verlegen.

»Du kannst gleich mit zu mir. Und dann treiben wir beide ein bisschen Sport. Einverstanden?«

»Ja, gerne, Herr Frise … also Marco.« Lisa hob verlegen die Hand und ging.

»Du bist wirklich unmöglich! Hast du gar keinen Anstand? Was bist du nur für ein Mann? Weißt du, wie alt das Mädchen ist?« Während ich das sagte, gestikulierte ich wild mit den Armen.

»Was denn? Sie ist 18, oder?«

»Wenn du das machst, was du gerade angedeutet hast, Marco, dann gehe ich zu Ben und petze!«

»Kannst du ruhig. Ben weiß Bescheid.«

Selbstzufrieden legte er die Beine auf den Schreibtisch, lehnte sich dabei zurück und verschränkte die Hände hinter dem Kopf.

Das würde ich Mr.LovaLova heute Abend auf jeden Fall schreiben. Ich konnte mir nicht vorstellen, dass der das gut fand.

#fünfzehn

20 Minuten später hatten sich alle Mitarbeiter im Foyer versammelt und ich gesellte mich gleich zu Sarah, um mir Marco vom Hals zu halten. Musste ich aber gar nicht, weil ungefähr 15 Mädchen ihn umzingelten und anhimmelten, mit dabei, ganz vorne, die Praktikantin Lisa. Keinen anderen schien dies aufzufallen, was für mich nur umso mehr ein Zeichen dafür war, dass ihn alle kannten und wussten, dass er ein absoluter Fuckboy war.

Ben stand etwas erhöht auf einem kleinen Podest und hob die Hand, damit wir alle still waren. Die Krawatte hatte er ausgezogen und sein weißes Hemd etwas aufgeknöpft. Er sah wahnsinnig gut aus. Mr.LovaLova. Und er schaute mich an und lächelte. Er wusste, dass ich wusste …

»So, ich mache es mal kurz! Ich lade alle am Samstag zu einer Party hier in der Agentur ein!« Er hob beide Hände in die Luft. »Wir haben die Autowerbung!«, schrie er. Alle klatschten und jubelten. Aus Sympathie machte ich mit, obwohl ich gar nicht wusste, um was es jetzt genau ging.

»Das ist ein Riesenauftrag, den Ben an Land gezogen hat!«, schrie mir Sarah ins Ohr. Ich schaute zu Marco, der just in dem Moment auch mich ansah. Er lächelte und zwinkerte mir zu. Ich nickte nur.

»Und jetzt dürfen alle nach Hause gehen und wir sehen uns morgen in alter Frische wieder. Danke, für eure Mitarbeit!« Wieder klatschte alles in die Hände. Ich sagte Sarah, dass ich meine Sachen packen würde und ging ins Büro. Marco war damit beschäftigt, sich alle Mädchen vom Hals zu halten.

Erschöpft setzte ich mich hin. Den Kopf auf eine Hand abgestützt, schaute ich, ob Mr.LovaLova noch mal geschrieben hatte, doch war dies nicht der Fall. Hätte mich allerdings auch gewundert, sicher hatte Ben genug mit dem neuen Auftrag zu tun, als dass er hätte zurückschreiben können. Es war inzwischen 16:30 Uhr. Eigentlich müsste ich noch eine Stunde länger bleiben, da ich ja heute Morgen verschlafen hatte. Ich zuckte zusammen, als plötzlich die Tür aufging. Marco. *Da hatte ich jetzt so gar keine Lust zu.*

»Na, hast du deinen Fans gesagt, dass du gehst? Oder kommt jetzt die sportliche Aktivität mit einer 18-jährigen Praktikantin?«

Marco grinste nur. »Du hast mit allem recht. Jetzt strenge ich mich an. Wohlgemerkt mit der Praktikantin.« Er fing an, seine Sachen zusammenzupacken, hielt auf einmal inne und schaute mich fragend an. »Willst du nicht nach Hause?«

Ich schüttelte den Kopf. »Geht nicht. Ich war heute Morgen eine Stunde zu spät. Die hänge ich jetzt noch dran. Ich habe meinen … wie soll ich dich nennen? Vorgesetzten? Na jedenfalls habe ich den gestern schon verärgert. Das möchte ich mir heute ersparen.«

Marco nickte, stemmte die Hände in die Hüften und sah zu Boden. »Entscheide du. Ich würde dir jetzt, trotz der Stunde, die du heute Morgen zu spät warst, freigeben. Kannst du dir ja überlegen.« Er klemmte sich seine Tasche unter den Arm und ging zur Tür. Dann drehte er sich noch mal um. »Und übrigens, du hast mich gestern nicht verärgert.« Und weg war er. Seltsamer Typ. Aber, dass er mir freigegeben hatte und ich ebenso nach Hause durfte, wie diejenigen, die schon um 8 Uhr in der Agentur waren, fand ich sehr freundlich von ihm. Ich packte meine Handtasche, machte den Computer aus und verließ das Büro. Im Großraumbüro herrschte absolute Stille, Lichter waren aus und alle Mitarbeiter waren weg. Aber Sarah hörte ich vorne an der Information.

»Hey, fahren wir wieder zusammen runter?«, fragte ich sie.

»Gerne, aber ich wollte noch auf Lisa und Marco warten.«

»Wieso«, fragte ich sarkastisch. »Um Lisa gleich zu trösten, weil sie mit Marco intim geworden ist und sich vorstellt, mit diesem Idioten zusammen zu sein?«

Sarah hörte auf, ihre Sachen zusammenzuräumen und sah mich entsetzt an. »Was meinst du?«

Als ich ein leichtes Stöhnen hörte, drehte ich mich um. Marco kam mit Lisa und beide schleppten Bilderrahmen. »Vielen Dank, Lisa, für deine Hilfe. Sehr nett von dir«, sagte Marco, zog sein Portemonnaie hervor und gab ihr 5 Euro.

»Oh, danke Herr Fr … also Marco.«

»Du kannst dann Feierabend machen.«

Lisa hob verliebt die Hand, mir und Sarah nickte sie lediglich zu, dann schwebte sie davon. Ich starrte auf die Theke der Information. Marco kam zu mir und beugte sich runter, sodass ich das Gefühl bekam, seine Lippen würden an meinem Ohr entlangstreichen.

»In Zukunft nicht ganz so schlecht von mir denken. Bitte.«

Ich schluckte und sah ihn einfach nur an. »Ich … du hast dich so seltsam ausgedrückt. Tut mir leid«, stotterte ich. Dann sah ich auf die riesigen Bilderrahmen.

»Was ist das?«

Marco packte einen der Rahmen und drehte sie so, dass ich das Bild darin sehen konnte. »Kunst. Ich versuche es jedenfalls.«

Auf dem Bild waren Menschen angedeutet, alle ziemlich bunt und sehr abstrakt. Es gefiel mir. »Gefällt mir. Sehr sogar.«

Er tat so, als wische er sich den Schweiß von der Stirn. »Puh, da habe ich ja noch mal Glück gehabt.«

Ich lachte verlegen. Sarah war inzwischen dabei, die Bilder in Bens Büro zu schleppen. Marco und ich halfen ihr. Als wir alle Bilder an die Wand hinter dem Schreibtisch gestellt hatten, machten wir die Lichter aus und verließen die Agentur. Marco fuhr mit einem Aufzug nach oben, Sarah und ich fuhren abwärts.

Völlig erschöpft kam ich zu Hause an.

»Ich bin wieder da«, rief ich, ging in die Küche und hörte kurz darauf in Joes als auch in Christines Zimmer Schritte. Beide kamen zu mir und nahmen mich nacheinander in den Arm.

»Jetzt erzähl mal, wie war es, wir haben uns ja gestern gar nicht mehr gesehen.« Christine packte mich an den Schultern und sah mich fragend an. Eigentlich war mir danach, warm zu duschen, mir meinen Schlafanzug anzuziehen, eine Kleinigkeit zu essen und mich dann in meinem Zimmer zu verschanzen, da ich gar keine Lust mehr auf Gespräche hatte. Joe kam ebenfalls zu mir und nahm mich kurz in den

Arm. »Und? Hast du herausgefunden, ob Blau auf dem Muffin war?«

Ich hob beide Hände. »Ich muss mich erst mal umziehen.«

»Mach, Tom kommt gleich und wir wollten zusammen essen.«

Es war nicht so, dass ich mich nicht über Gesellschaft freute, aber irgendetwas bedrückte mich sehr.

»Was gibt es denn?«

»Pasta.« Joe sah mich fragend an. Er spürte, dass etwas nicht stimmte und ich war eigentlich heilfroh darüber, dass er es nicht ansprach, schlicht aus dem Grunde, weil ich gar nicht gewusst hätte, was ich darauf antworten sollte.

Ich ging auf mein Zimmer und ließ mich aufs Bett fallen. Und in diesem Moment wusste ich genau, was mich bedrückte. Es bedrückte mich, dass Mr.LovaLova im wahren Leben zu distanziert und nüchtern war. So vertraut mir seine Nachrichten waren, so fremd war er in der Realität. Ich rollte mich auf die Seite und nahm mein Handy. Zwei neue Nachrichten.

Mr.LovaLova Ich möchte bitte lösen!

Mr.LovaLova Dein Lieblingsmuffin ist ein einfacher Marmorteig und da du ein absoluter Kirschfan bist, befindet sich on Top eine Zucker-Kirsche.

Ich musste lachen. Das war gar nicht so schlecht. Allerdings fehlte seiner Beschreibung ein wichtiges Detail.

LoverCover94 Nein, das ist nicht mein Lieblingsmuffin, Kirschen esse ich aber in der Tat sehr gerne. Ich möchte bitte auch lösen:

LoverCover94 Dein Lieblingsmuffin ist ein stinknormaler Zitronenteig Muffin mit bunten Streuseln on Top ☺

Erfreut sah ich, dass er online war.

Mr.LovaLova Du liegst leider völlig falsch. Das ist nicht mein Lieblingsmuffin. Tja. Wir müssen uns wohl oder übel treffen.
P.S. Wie war dein Tag?

LoverCover94 Nicht so besonders gut. Ich habe einem Kollegen Unrecht getan.

Mr.LovaLova Entschuldigen hilft schon mal …

LoverCover94 Ich habe mich entschuldigt. Wie war dein Tag?

Mr.LovaLova Es geht so. Ich habe einer Kollegin ziemlich Unrecht getan.

Bestimmt Sarah. Die musste heute ständig für Ben hin und her laufen und alles organisieren.

LoverCover94 Entschuldigen hilft schon mal ...

Mr.LovaLova Bei ihr nicht. Glaube ich jedenfalls.

LoverCover94 Findet jede Frau toll, wenn Man(n) sich entschuldigt. Glaube mir. Ich bin eine Frau ☺

Mr.LovaLova Ja. Vielleicht. Privat und Beruf trenne ich schon mal gerne. Privat schaffe ich es besser, mich zu entschuldigen.

LoverCover94 Sie werden immer interessanter für mich ...

Mr.LovaLova Wenn das so ist, dann steht einem Treffen ja nichts mehr im Wege!

Es klopfte an meiner Tür, kurz darauf kam Christine rein und setzte sich aufs Bett.

»Wie geht es dir?«

Ich stöhnte etwas. »Es geht so.«

»Was macht Mr.LovaLova?«

»Ich schreibe gerade mit ihm. Aber in der Agentur lächelt er mich immer nur an und gibt mir kein Zeichen, dass wir nahezu jeden Abend miteinander schreiben.«

Meine Freundin kuschelte sich an mich. »Vielleicht denkt er immer noch, du wärst unwissend. Könnte sein. Und er traut sich nicht, aufzudecken, dass er Mr.LovaLova ist.«

»Ja, vielleicht.«

Als wir alle am Tisch saßen und Joe und Tom das Küssen endlich eingestellt hatten, begannen wir zu essen. Joe hatte Spaghetti gekocht, dazu eine wirklich sehr leckere Tomatensoße und für jeden einen Salatteller (Joe ist ein hervorragender Koch!)

»Und, Trina, wie gefällt es dir bei Ben?«, fragte Tom

»Sehr gut. Mit Ben habe ich nur leider nicht so viel zu tun. Ich habe einen Vorgesetzten in der Grafikabteilung. Und der ist … na ja.«

»Ben ist ein ziemliches Arbeitstier. War schon so, als er mit meiner Schwester zusammen war. Das kriegt man aus dem auch nicht mehr raus.«

Nachdenklich schob ich mir eine volle Gabel in den Mund. Marco konnte ich nicht über Ben ausquetschen, weil ich ständig das Gefühl hatte, er machte sich lustig darüber. Aber Tom kannte Ben auch.

»Du, Tom, wie könnte man den Mann beeindrucken?«

Christine kicherte. »Wie man jeden Mann beeindruckt. Große Oberweite, tiefer Ausschnitt, das volle Programm.«

Tom wackelte mit dem Kopf, ehe er ihn schüttelte. »Du musst dich elegant kleiden. Da steht er total drauf. Einfache Klamotten ist nicht sein Ding. War ein ständiger Streitpunkt bei Mia und ihm. Mia zieht für ihr Leben gerne Jeans an. War ihm immer zu salopp.«

Samstag.

»Ich brauche feine Sachen! Am Samstag findet eine Party in der Agentur statt, weil wir einen dicken Auftrag an Land gezogen haben. Samstag wäre die Chance, ihn zu beeindrucken! Ich muss shoppen gehen!«, rief ich begeistert.

»Ich bin dabei. Wann?«, fragte Christine.

Joe hob nur beide Hände. »Ohne mich. Ich habe genug geblutet beim letzten Shopping!«

Christine und ich verabredeten uns für Freitagnachmittag. Wir wollten in die Stadt fahren und mir ein

Outfit aussuchen, womit ich Ben um den Finger wickeln konnte. Christine wusste, was gut aussah und man konnte sich wirklich auf ihre Meinung verlassen.

Die nächsten Tage in der Agentur liefen, wie die ersten beiden. Ich ertrug Marco, außerdem seine kritischen Meinungen bezüglich meiner Designs, schaffte es bei einer Sache, ihn auf Anhieb zufriedenzustellen und freute mich über die Tatsache, dass Ben mich immer öfter anlächelte und mir sogar zuzwinkerte, was ich für ein Zeichen absoluter Vertrautheit empfand.

Am Freitag holte Christine mich vor der Agentur ab und lief mit mir in ausgewählte Läden, sodass ich am Abend mit zwei vollen Tüten nach Hause kam. Mein Erspartes war somit weg und ich sehnte mich nach dem Ende des Monats, wo ich mein erstes Gehalt von Ben beziehen würde.

Christine und ich hatten uns für ein schwarzes enges Kleid entschieden, dessen Ausschnitt sich durchaus sehen lassen konnte. Da meine Oberweite im Grunde zu klein für dieses Kleid war, hatten wir einen BH gekauft, in den man Silikonbrüste stecken konnte und zack hatte man zwei Körbchen Größen mehr. Außerdem sah durch die größere Oberweite meine Hüfte nicht mehr ganz so breit aus und ich glaubte, es war das erste Mal, dass ich mir selbst gefiel. Nur zu Strapsen in meiner Größe hatte ich massiv

›Nein‹ gesagt. Eine einfache Strumpfhose tat es schließlich auch.

Die arme Sarah hatte von Ben den Auftrag bekommen, diese Party zu organisieren. Er selbst hatte lediglich einen Catering-Service gebucht, der kleine Köstlichkeiten brachte. Das Großraumbüro wurde zur Location umfunktioniert, alle Schreibtische standen an den Wänden und eine große Musikanlage war aufgebaut worden.

Mit Mr.LovaLova schrieb ich jeden Abend, tagsüber versuchte ich das zu vermeiden, damit Marco nicht wieder den Spruch brachte, ich solle dies bitte in meiner Freizeit machen. Ab und zu glaubte ich, dass Ben wusste, dass ich wusste … Ich schrieb ihm am Freitagabend, dass ich mich auf Samstag freuen würde und seine Antwort war: Ich auch. Eindeutiger ging es ja nun wirklich nicht mehr.

Und dann endlich war der Samstag da. Um 18 Uhr wollten wir mit dem feiern beginnen.

Ich sah prüfend in den Spiegel. Christine hatte mich geschminkt und Andy war extra zu uns nach Hause gekommen, um mich zu frisieren. Elegant hieß: Hochsteckfrisur. Und Andy war wirklich ein Meister darin. Die Verfärbung meines linken Auges, sah man kaum noch und grünlich schimmernde Reste überdeckte Christine gekonnt mit Make-up. Ich fühlte mich gut. Ich fühlte mich dazu bereit, Mr.LovaLova zu treffen. Nur die Pumps, die für mich eigentlich viel zu hoch waren, machten mir zu schaffen. Die letzte halbe Stunde war ich mal wieder damit beschäftigt, zu üben, wie man auf diesen Dingern möglichst elegant laufen konnte.

»Joe, hör auf, mir immer an den Busen zu packen!« Unzählige Male hatte Joe immer wieder dran gefasst und gefühlt.

»Es fühlt sich so lustig an. Es wackelt so.« Joe drehte mich im Kreis und begutachtete mich. »Hast du abgenommen?«

»Nein!« Ich befreite mich aus Joes festem Griff.

»Du siehst so schlank aus.«

»Ist der Bauch-Weg-Schlüpfer und die Stützstrumpfhose, okay?«

Joe nickte. »Und was, wenn Ben die Mogelpackungen entdeckt?«

*** *Mogelpackung in der Mehrzahl: Silikontitten, Schlüpfer, die jedes Gramm zu viel einquetschen, Stützstrumpfhosen, die wiederum das einquetschen, was der Schlüpfer nicht schafft bzw. nach oben drückt. Wichtig bei der Strumpfhose: hochziehen bis zum BH, sonst gibt es seltsame Rollen, die merkwürdig aussehen.* ***

»Wie soll er die entdecken? Meinst du, ich gehe gleich mit dem ins Bett?«

»Wenn es sich ergibt, würde ich es tun!«

»Ich aber nicht! Das ist unseriös!«

Christine schaute immer nur von Joe zu mir und wieder zurück. »Ich will ja nicht drängen, aber sollen wir nicht mal los? Wir haben kurz vor 6!«

Ich nahm hektisch die Clutch, die Christine mir geliehen hatte, packte mein Handy und meinen Schlüssel ein und nickte Joe ein letztes Mal zu. Dann machten wir uns auf den Weg.

»Soll ich nicht lieber fahren?«, fragte ich meine Freundin, als sie zielsicher zur Fahrerseite lief.

»Nein. Heute ist dein Tag und ich bin dein Chauffeur! Du sollst heute richtig Spaß haben.«

Innerlich betete ich, dass sie nicht wieder irgendeinem Verkehrsteilnehmer die Vorfahrt nahm.

»Was macht eigentlich dein Engländer?«, fragte ich, klappte die Blende runter und schaute in den Spiegel. Ich sah gut aus.

»Der will mir doch tatsächlich verklickern, dass das seine Cousine war, die er geküsst hat!«

Noch ehe ich etwas schreien konnte, reagierte mein Fuß und drückte mit voller Wucht auf die imaginäre Bremse der Beifahrerseite.

»Ey, du Wichser! Pass gefälligst auf, wo du lang fährst!«, schrie Christine aus dem offenen Fenster. Ich keuchte. »Es war rot!«

»Quatsch. War noch gelb. Und? Hast du dir einen Plan gemacht, wie du Mr.LovaLova gleich an flirten wirst?«

»Nein. Ich habe das Gefühl, im wirklichen Leben kann man ihn nicht an flirten. Nur über Insta. Aber, ich habe mir vorgenommen, ihm gleich zu schreiben. Dann sehe ich ja, ob er derjenige ist, der zurückschreibt.«

»Ich bin gespannt, was du erzählst.«

»Und du? Glaubst du dem Engländer?«

»Ich weiß es nicht. Er hat gesagt, er würde nach Deutschland kommen und mir beweisen, dass er es ernst meint. Warten wir es ab!«

Innerlich stieg meine Aufregung mehr und mehr. Ich ging in Gedanken noch mal alles durch, was ich beachten musste: Ein kokettes Lächeln, mit den Schuhen laufen wie ein Storch, kluge Gespräche über Werbung und Design (den Tipp hatte mir Tom noch mit auf den Weg gegeben) und ihm direkt in die Augen sehen und Signale senden, die er unmöglich missverstehen konnte.

Vor der Agentur hielt Christine. Ich zog noch mal die Strumpfhose hoch, drückte die Silikonimplantate zurecht, nickte meiner Freundin zu, dann stieg ich aus und storchelte zum Eingang.

#sechszehn

Nahezu alle waren bereits da, laute Musik war an, ein Buffet, das sich wirklich sehen lassen konnte war auf den Schreibtischen, die an der Wand standen, aufgebaut und der Alkohol floss bereits jetzt schon. Sarah war gekleidet, wie immer und winkte mir sofort zu, als sie mich entdeckte.

»Wow, Trina, ich habe dich gar nicht wiedererkannt. Du siehst wirklich toll aus. Ganz anders.«

Ich lachte verlegen. Sofort kam eine Bedienung auf mich zu, die Ben wohl extra für diesen Abend engagiert hatte, und fragte mich, was ich trinken wollte. Ich entschied mich für einen Prosecco, obwohl ich das gar nicht so gerne mochte. Aber, Prosecco zu trinken war seriös und ich wollte bei Ben den Eindruck einer seriösen Mitarbeiterin erwecken. Sarah und ich stießen an und tranken. Etwas abseits sah man Marco, umzingelt von nahezu sämtlichen Weibern, die in der Agentur arbeiteten. Allen voran, die Praktikantin Lisa.

»Ich gehe mal zu Ben. Kommst du mit?«, fragte Sarah laut, um die Musik zu übertönen.

Ich nickte ihr zu. Ben stand nahe des DJ´s, der nun offensichtlich auch extra für diesen Abend gebucht wurde, und wippte mit dem Bein im Takte der Musik. Wieder trug er einen Anzug, was ich eigentlich schade fand. Ich hätte ihn so gerne mal in Jeans gesehen.

»Trina, du siehst fantastisch aus. So kennt man dich ja gar nicht.« Ben sah bewundernd an meinem Körper herunter, ehe er mir ins Gesicht schaute und mich anlächelte, dass ich Sorge hatte, meine Beine würden gleich nachlassen und mich nicht mehr tragen.

»Vielen Dank. Du siehst auch sehr gut aus!« *Er sieht wie immer aus.*

»Fühlst du dich wohl bei uns?«, schrie er mir fragend zu.

»Sehr!«

»Und die Zusammenarbeit mit Marco klappt auch?«

Tja, was sollte ich jetzt sagen.

»Ja. Schon. Er ist sehr kritisch in allem.«

Ben nickte nur lachend. Dann gab er dem DJ ein Zeichen, dass dieser die Musik ausstellen sollte. Plötzliche Stille. Ben stellte sich in die Mitte der großen Fläche, die als Tanzfläche herhalten musste und hob sein Wasserglas in die Luft. »Ich freue mich, dass ihr alle gekommen seid! Heute wollen wir richtig feiern. Bitte bedient euch am Buffet und lasst nichts übrig, sonst muss ich das alles alleine essen. Und jetzt wird gefeiert, damit ist nämlich nächste Woche Schluss, wir haben viel Arbeit vor uns!« Alles klatschte, einige pfiffen. Ich versuchte nur, Bens Blick zu erhaschen. Als ich plötzlich irgendein Kitzeln unter meinem Rock spürte, machte ich erschrocken einen Schritt nach vorne und sah mich um. Marco.

»Sag mal, hast du mir gerade unter mein Kleid gefasst?«

Marco grinste. »Ich wollte nur sehen, ob ich dir noch mal behilflich sein kann.«

»Dann hör mal gut zu!« Ich ging dicht auf ihn zu. »Wenn du das noch mal machst, knall ich dir ein paar! Verstanden?«

»Na, na, wie sprichst du denn mit deinem Vorgesetzten?« Er zwinkerte mir zu und verschwand in Richtung seines Fanclubs. Ich lehnte mich an einen der Tische, zog mein Handy aus der Handtasche, weil es vibrierte. Eine Nachricht von Mr.LovaLova. Zu meiner Freude nahm ich wahr, dass er ebenfalls etwas abseits stand und auf sein Handy schaute. Ich schmunzelte.

Mr.LovaLova Hey, wie geht es dir?

LoverCover94 Sehr gut. Und dir?

Mr.LovaLova Auch ganz gut, obwohl ich mich lieber mit dir treffen würde.

LoverCover94 Vielleicht sollten wir es dann einfach tun?

Mr.LovaLova Das wäre heute schlecht möglich. Man hat ja Verpflichtungen.

Ich sah auf. Ben lächelte mich an, dann schaute er wieder auf sein Handy.

LoverCover94 Das stimmt. Wir werden schon noch ein Treffen organisiert bekommen. Ich drücke uns die Daumen! ☺

»Kommst du mit zum Buffet?«, fragte Sarah. Ich hatte nicht bemerkt, dass sie wieder bei mir war.

»Gerne. Ich kann nur nicht allzu viel essen. Mein Kleid erlaubt das nicht«, lachte ich und lief hinter ihr her.

Die meiste Zeit stand ich mit Sarah da, unterhielt mich mit ihr, aß von den Häppchen, die wirklich köstlich waren und versuchte relativ unauffällig, Ben zu beobachten. Inzwischen hatten wir 21 Uhr. Plötzlich ging wieder die Musik aus und Ben stand in der Mitte der Tanzfläche.

»Ich verabschiede mich und wünsche euch allen noch einen schönen Abend! Bis Montag!«

Mir klappte der Mund auf. Wieso ging der denn jetzt? Die Musik ging wieder an, viele waren auf der Tanzfläche. Ich versuchte, mich durch die Tanzenden hin durchzuwurschteln, doch Ben war wie vom Erdboden verschluckt. Weg. Ohne irgendetwas zu sagen (oder zu schreiben).

Meine Laune war mit einem Mal auf dem absoluten Tiefpunkt.

»Du machst ein Gesicht, als wäre etwas Tragisches geschehen.« Ich drehte den Kopf und sah Marco an.

»Du schon wieder. Vermisst dich dein Fanclub nicht?«, fragte ich abwertend und spürte genau die Blicke der jungen Kolleginnen, die mich am liebsten mit Giftpfeilen getroffen hätten, weil ich in den Genuss kam, mit Marco zu sprechen.

Er kickte mich leicht an, was mich aufgrund meiner Schuhe fast umgehauen hätte. Im letzten Moment hielt mich Marco am Arm fest und schaute lachend auf meine Pumps. »Strapse und Pumps scheinen nicht ganz deiner Routine zu entsprechen.«

»Zisch ab!«, sagte ich und überlegte, mir einfach ein Taxi zu bestellen und nach Hause zu fahren.

»Ach komm, Trinchen, sei nicht so. Lass uns was trinken.«

»Wenn ich das tun würde, hätte ich einige Kolleginnen, die mir an den Hals gehen, weil ich mit dir zusammen stehe. Nein Danke. Trink lieber was mit deinem Fanclub.«

»Man könnte meinen, du bist eifersüchtig. Soll ich fragen, ob mein Fanclub noch jemanden aufnimmt?«

Ich lachte nur abwertend.

»Na los, Trina, lass uns was zusammen trinken. Ben kommt nicht wieder. Ich nehme mal an, das ist der Grund, warum du plötzlich so schlecht drauf bist.«

»Hat überhaupt nichts mit Ben zu tun.«

»Prosecco?«, fragte Marco und schaute auf mein halbvolles Glas.

»Ich hasse Prosecco.«

»Dann such du aus.«

»Gibt es Tequila?«

Marco lachte. »Mehrere Flaschen!«

21:34 Uhr: »Ich muss mal ne kurze Pause einlegen.«

22:17 Uhr: »Ich bin betroffen … besoffen, meine ich.«

23:09 Uhr: F I L M R I S S

*** *Filmriss vor 12 Stunden: Ein ganz übler Ausdruck, den Menschen benutzen, um ihren Partnern zu erklären, warum sie Sex mit einem anderen haben mussten und dass sie* *dafür aufgrund des Filmrisses nichts können und dem Betrogenen nichts anderes übrig bleibt, als zu verzeihen.* ***

*** *Filmriss nach 12 Stunden: Es gibt ihn wirklich!!!* ***

Ich atmete tief ein und wieder aus. Es war warm und weich. Ich traute mich nur nicht, den Kopf zu bewegen, aus Angst, die kleinen Männchen zu wecken, die dann wild mit ihren kleinen Hämmerchen begannen, von innen gegen meine Schädeldecke zu klopfen. Ich lag wie eine Leiche auf dem Rücken, beide Arme zur Seite gelegt. Ich öffnete die Augen. Es war hell. Ich blinzelte und versuchte, irgendetwas aus meinem Zimmer zu entdecken, aber da war nichts. Nichts aus meinem Zimmer. Ich riss die Augen auf. Ich wurde verschleppt, ich war tot oder meine Seele war in einen anderen Körper gewandert. Das, was ich sah, war mir völlig fremd. Vorsichtig tastete ich mit meinen Händen auf meinen Bauch. Nackt. Zielstrebig wanderten meine Finger hinauf zu meiner Brust. Ebenfalls nackt. Mein Schritt: Völlig unbekleidet. Ich drehte ruckartig den Kopf zur Seite – die Männchen fingen an zu hämmern – und kniff die Augen zusammen. Marco lag neben mir und der Beschreibung von Sarah nach, waren wir in seinem Loft. Er schlief. *Dieses Schwein hatte meinen Zustand ausgenutzt und sich über mich hergemacht.*

Ich sah mich gehetzt in dem riesigen Raum um, indem sich alles befand, was sich eigentlich in einem

Haus für mindestens 4 Personen befinden sollte. Was sollte ich jetzt machen? ›Such deine Brille‹, sagte eines der Männchen in meinem Kopf und klopfte weiter.

Ich sah wieder Marco an. Er lag ebenso auf dem Rücken, wie ich noch zuvor und atmete tief und ruhig. Ich packte ein Stück seiner Bettdecke mit Zeigefinger und Daumen, betete innerlich, dass sich meine Vermutung in Luft auflösen würde und hob seine Decke an. Ich kniff wieder die Augen zusammen und schaute genauer hin. Eine Fleischwurst. Er war nackt. Ich ließ die Decke fallen. Mein Atem kam schnell und hektisch. Ich entdeckte zwei Brillen auf seinem Nachttisch. Eine davon musste meine sein. Ich hockte mich langsam hin, dann beugte ich mich über ihn, stützte mich mit dem Zeigefinger an seinem Bettpfosten ab und wollte gerade mit der anderen Hand eine der Brillen ergreifen, als mein Zeigefinger an dem Metall Pfosten abschmierte und ich auf Marco fiel. Einige Sekunden blieb ich so liegen und hoffte, er wäre nicht wachgeworden. Was natürlich Quatsch war.

»Könntest du bitte deinen Busen aus meinem Gesicht nehmen?«, hörte ich es murmeln. Scheiße. Blitzschnell packte ich eine der Brillen, setzte sie sofort auf und warf mich zurück unter meine Bettdecke. Ich sah noch schlechter, als ohne Brille.

»Du hast meine!« Er nahm mir die Brille ab, setzte sie sich selbst auf und reichte mir meine. Hektisch zog ich sie an. Marco grinste mich an und fuhr sich mit der Hand durch seine wuscheligen Haare. »Und? Wie war ich?« Ich schnappte nach Luft.

»Du … du … du hast es schamlos ausgenutzt, dass ich betrunken war. Du Schwein.«

»Reg dich ab, Trinchen, war nur ein Witz. Aber wenn du jetzt willst, bin ich dazu bereit«, sagte er lächelnd und zwinkerte mich an. Ich versuchte ihn zu hauen, scheiterte aber, weil Marco lachend aufstand und sagte, er müsse mal zur Toilette.

»Wieso bin ich nackt?« Ich hatte Blickkontakt.

*** *Blickkontakt: Ein Ausdruck bei uns in der WG, dass man einen Penis gesehen hat. Zugegebenermaßen hatte Joe den meisten Blickkontakt. Mein letzter Blickkontakt war vor vielen Monaten und Christines in England.* ***

»Redest du mit mir oder mit ihm?« Marco zeigte auf seine Körpermitte. Ich zog die Decke über den Kopf. Blickkontakte waren furchtbar. Es glich einem Unfall. Ich konnte nicht wegsehen. »Du sagtest, du müsstest deine Unterhose ausziehen, weil sie dich beengt hat! Nur für dich zur Erklärung. Ich gehe mal gerade«, hörte ich ihn rufen. Ich zog die Decke von meinem Kopf und sah gerade noch den nackten Hintern von Marco, der hinter der einzigen Tür in diesem riesigen Raum verschwand. Meine Chance, nicht nur meine Klamotten, sondern auch das Weite zu suchen. Ich stand hektisch auf und scannte mit meinen Augen den Raum. Ich lief zu jeder Ecke, in der man durchaus Kleidung verstecken konnte, doch ich fand sie nicht.

Ich hörte die Klospülung. Ich hüpfte wie ein unschlüssiger Torwart hin und her, breitbeinig, um im Ernstfall zurück ins Bett springen zu können. Doch es war zu spät. Die einzige Tür öffnete sich und Marco kam. Ein Schrei entfuhr mir und ich griff den nächstbesten Bilderrahmen und hielt ihn mir vor die Brust. Es war ein kleiner Bilderrahmen …

Marco blieb stehen – er hatte eine Unterhose an und in der Hand hielt er meine Klamotten – und grinste mich an. »Deine Brüste kann man trotzdem sehen, falls das ein Versuch sein soll, sie zu verdecken.«

Ich hielt den Rahmen quer vor meine Brust. Marcos Blick wanderte in meinen Schritt. Den hatte ich vergessen. Blitzschnell hielt ich den Bilderrahmen davor und verdeckte mit meinem Arm meine Oberweite.

»Das sind übrigens meine Eltern.« Er legte den Kopf schief und sah genau auf meinen verdeckten Schritt.

Ein ›Plopp‹ zerschnitt plötzlich die kurz andauernde Stille. »Hoppla, was ist denn da raus gefallen?« Marco beugte sich und hob eine der Silikonbrüste auf. Ich hätte so gerne mein Gesicht hinter meinen Händen versteckt, doch beide Hände mussten ja gewisse Körperteile verstecken. Marco knetete die Brust mit einer Hand und sah mich dann lächelnd an. »Gehört das nicht eigentlich unter die Haut?«

»Gib mir endlich meine Klamotten!«, schrie ich und war kurz davor, in Tränen auszubrechen.

»Jetzt beruhige dich mal. Ich bin schwul«, sagte er, kam auf mich zu und lächelte mich an.

»Das sagst du jetzt nur so, oder?«

Er nickte. »Ja.« Marco hielt mir meine Klamotten hin.

»Du müsstest sie natürlich nehmen. Ein kleiner Tipp von mir, lass deine Brüste los, die habe ich mehr als deutlich schon gesehen und gefühlt. Und ich koche uns jetzt erst mal einen Kaffee.« Er klemmte mir meine Sachen zwischen Hand und Brust, drehte sich um und ging zur Küchenzeile. Ich ergriff die Chance, weil er mit dem Rücken zu mir stand und sauste ins Badezimmer. Ich knallte die Tür zu und drehte sofort den Schlüssel um. Erst dann atmete ich auf. Ich sah mich um. Ein großes, sehr modernes Bad tat sich vor mir auf. Als Erstes zog ich die Bauch-Weg-Unterhose an, dann präparierte ich den BH mit den Silikonbrüsten und zog den ebenfalls an.

Es klopfte an der Tür. »Trina, wenn du duschen möchtest, im Schrank sind frische Handtücher und da müssten auch noch verpackte Zahnbürsten liegen.« Ich sah zur Tür. Das war mal wieder sehr freundlich von ihm. »Wir können aber gleich auch zusammen duschen gehen und der, mit dem du eben gesprochen hast, kommt bestimmt auch mit.« Ich hörte ihn lachen.

»Weißt du was, Marco, kurzzeitig fand ich dich wirklich freundlich. Ich fahre jetzt ohnehin nach

Hause. Ich will auch keinen Kaffee mehr!«, rief ich in Richtung Tür.

»Willst du wohl!«

Seine Schritte entfernten sich von der Tür. Ich schaute mich im Spiegel an. Ich sah furchtbar aus. Die Wimperntusche hatte sich über Nacht verselbststän- digt und war einige Zentimeter unter die Augen ge- wandert, an manchen Stellen sah man Lippenstift.

Ich ließ den Wasserhahn laufen und schöpfte mit beiden Händen eiskaltes Wasser und erfrischte mich. Dann nahm ich einen Klecks Handseife und entfernte damit die Schminkreste.

Nachdem ich mir die Zähne mit einer der verpack- ten Bürsten aus dem Schrank geputzt hatte, und mein Kleid wieder trug, drehte ich den Schlüssel um und verließ das Bad. Einen Moment lang blieb ich stehen. Marco war damit beschäftigt, irgendetwas in der Pfanne zu braten. Er drehte sich zu mir um. »Setz dich. Ich habe uns ein Katerfrühstück gemacht. Und wenn du möchtest, erzähle ich dir, was gestern ge- schehen ist.«

Ich wartete darauf, dass wieder irgendein anzügli- cher Spruch dem folgte, aber er sagte nichts mehr, sondern füllte den Inhalt der Pfanne in eine Schale. Ich ging langsam auf die Theke zu, dann setzte ich mich, weil mein Körper regelrecht nach Kaffee schrie. Marco setzte sich mir genau gegenüber und stellte die Schale mit Rührei auf den Tisch. Er goss mir Kaffee ein. »Vielen Dank.« Ich rührte Milch und Zucker dazu und genoss den ersten Schluck.

»Ich weiß gar nicht, ob ich wissen möchte, was gestern passiert ist«, sagte ich leise.

Marco lachte. »Es ist gar nichts passiert. Also zwischen uns. Aber, es hat mich einiges an Mühe gekostet, dich mir vom Hals zu halten.«

Ich vergrub kurzzeitig mein Gesicht in meine Hände.

»Was habe ich getan?«, murmelte ich. Marco hörte ich mal wieder lachen.

»Du hast mich ausgezogen, damit du nicht alleine nackt sein musstest. Und deine Unterhose über deine Hüften zu ziehen, war wirklich sehr schweißtreibend. Ich habe weggesehen. Keine Sorge.« Ich sah ihn an. Er grinste.

»Das sagst du jetzt nur so, oder?«

Er nickte. »Ja.« Dann stand er auf. »Ich zieh mir mal was an. Dann musst du nicht alleine angezogen sein.« Er zwinkerte mir zu und als ich kurz meinen Blick über seinen Körper wandern ließ, konnte ich nicht leugnen, dass es im Grunde schade war, dass Marco sich was anziehen wollte. Er war sehr gut gebaut. Nicht zu viele Muskeln, nicht zu wenige. Und er konnte sich – auch komplett nackt – wirklich sehen lassen. Ich konnte nicht leugnen, dass ich inzwischen verstehen konnte, warum die ganzen Mädels in der

Agentur auf ihn standen. Seine saloppe und anzügliche Art, die immer sehr locker und witzig rüber kam, war sicher dafür verantwortlich, gemischt mit seinem durchaus guten Aussehen.

»Du hast ziemlich viel von Ben gesprochen. Und von Mr.LovaLova, wer auch immer das für dich ist«, rief er und zog sich eine Jeans und ein Langarmshirt über. Dann kam er wieder zur Theke.

»Ach, das ist diese Insta-Bekanntschaft. Nicht der Rede wert.«

»Heute Nacht war er auf jeden Fall der Rede wert. Du warst ganz begeistert von ihm.«

»Das … das hat sich erledigt. Das … ich kenne den nur über Insta.« Ich betete innerlich, dass ich in meinem besoffenen Kopf nicht etwa erwähnt hatte, dass Mr.LovaLova im Grunde Ben war.

»Hörte sich an, als wäre Ben diese Insta-Bekanntschaft.«

Ich lachte. »Ach, was man im besoffenen Kopf alles erzählt, entspricht ja nur selten der Wahrheit.«

Er reichte mir eine Scheibe Brot und schob mir das Rührei entgegen. »Schade.«

Ich sah ihn fragend an. »Was ist schade?«

»Dass du sagst, man würde im besoffenen Kopf nicht die Wahrheit erzählen.«

»Warum schade?« Ich nahm mir etwas vom Rührei und begann zu essen.

»Du hast so schöne Sachen zu mir gesagt.«

»Oh je. Das ist wirklich peinlich. Ich erinnere mich an nichts, an gar nichts mehr.«

»Es waren keine peinlichen Sachen. Keine Sorge.« Kurze Zeit herrschte Stille und wir aßen einfach und tranken unseren Kaffee. Irgendwann begann ich mich umzusehen. Überall am Boden, gegen die Wände gelehnt, standen Bilder. Meist abstrakte, auf manchen erkannte man einige Menschen. »Hast du die alle gemalt?«, fragte ich.

»Ja.« Ich stand auf und sah mir jedes Bild an. »Erstaunt?« Ich zuckte zusammen. Marco stand genau hinter mir.

»Äh nein. Gar nicht. Sie sind wunderschön. Hat Ben dir einige davon abgekauft?«

»Ja. Die 5 Stück, wo ich mit Lisa Sport gemacht habe.«

Ich drehte mich langsam zu ihm um. »Es … also, dass ich dachte, du würdest mit Lisa … war wirklich dumm von mir. Entschuldige bitte.«

Wir standen dicht voreinander und ich wusste nicht, wieso, aber wir schauten uns beide auf den Mund. Marco nahm meine Brille ab und seine auch. In mir kribbelte irgendetwas und erst dachte ich, ich müsse zur Toilette. Aber das Kribbeln kam nicht von meiner Blase. Sicher war das Gefühl, was ich in diesem Moment empfand, Nachwehen vom Alkohol. Er beugte sich zu mir runter, im selben Moment spürte ich, wie er mein Gesicht in seine Hände fasste und begann, mich zu küssen. Aus Erschrockenheit zog ich meinen Kopf zurück und starrte ihn fragend an. Er zwinkerte mir zu. »Habe ich dir letzte Nacht versprochen, als ich deinen Kuss abgewehrt habe. Ich habe versprochen, dass ich dich küsse, wenn du wieder nüchtern bist.«

Während ich ihn ansah, tauchten in meinem Kopf gewisse Bilder auf. Ich erinnerte mich daran, dass ich ihn letzte Nacht küssen wollte und auch daran, dass er mir relativ liebevoll gesagt hatte, dass er mich gerne küssen würde, aber erst, wenn ich wieder nüchtern sei. Ganz ernst hatte er das gesagt. Ohne irgendeine Anzüglichkeit.

»Lieber nicht?«, fragte er flüsternd.

Ich griff ihm in den Nacken und zog ihn wieder zu mir runter.

#siebzehn

Wie viel Zeit tatsächlich vergangen war, wusste ich nicht. Irgendwann hatten wir küssend das Bett gefunden, uns hingelegt und dort weiter geküsst. Er küsste unbeschreiblich gut und ich bekam kaum genug von seiner Zunge, von seinem Geruch, von seinen Berührungen. Mehr geschah nicht. Er versuchte weder mich zu entkleiden, noch fasste er mich an intimen Stellen an. Imponierte mir. Sehr sogar. Obwohl ich es irgendwie komisch fand.

Meine Lippen begannen taub zu werden, außerdem spürte ich genau, dass die Haut um meine Lippen wund wurde, weil seine Bartstoppeln ständig darüber rieben.

»Ich muss langsam mal nach Hause«, nuschelte ich und wollte eigentlich gar nicht aufhören.

Er wich ein Stück zurück. »Warum? Wirst du vermisst?« Er biss mir spielerisch in die Unterlippe.

»Nein, aber ich würde mich gerne mal umziehen.«

»Trina?«

»Ja?«

»Darf ich einmal anfassen?«

»Was?«

»Deine Brüste.« Ich sah ihn leicht entsetzt an. »Mit dem Silikon.« Endlich, wenn auch sehr ungewöhnlich, zeigte er, dass er ein Mann war. Ich dachte schon, er hätte gar kein Interesse, mehr zu machen. Dann könnte man leicht das Gefühl bekommen, für mehr sei man nicht attraktiv genug.

»Mach schnell, bevor ich es mir wieder anders überlege. Mein Freund Joe hat da auch permanent dran gefasst.«

»Wer ist Joe?«, fragte Marco und knetete an meiner Brust rum.

»Mein bester und schwulster Freund.« Irgendwie fühlte sich die Berührung an meiner Brust nicht sonderlich sexy an.

»Der sagt bestimmt nur, dass er schwul ist.«

Ich musste schrecklich lachen. »Nein, bei ihm stimmt es. Und? Wie fühlt es sich an?« Marco ließ ab von meiner Brust und küsste mich erneut. »Eigenartig fühlt es sich an. Ich mag lieber echte.« Wieder streichelte seine Zunge meine und bevor ich mich erneut in diesen Kuss verlor, drückte ich ihn sanft zurück, weil ich spürte, dass nicht mehr zwischen uns geschehen würde. Fazit: Ich war zu unattraktiv für ihn.

»Ich muss jetzt wirklich gehen.«

»Okay.« Er haute mir locker auf den Po und setzte sich auf. Ich tat es ihm gleich, obwohl ich mich so gerne wieder hingelegt hätte. Doch würde ich jetzt nicht fahren, würden wir uns weiter küssen und ich würde immer mehr das Gefühl bekommen, unattraktiv zu sein. Ich war durcheinander. Total. Und ich brauchte Abstand um wieder klare Gedanken fassen zu können. Irgendwie war alles durcheinander. Warum hatte er mich nur geküsst?

Ich stand langsam auf, strich mein Kleid zurecht und sah mich suchend um.

»Deine Handtasche hängt im Flur. Darf ich dich fahren?« Marco war aufgestanden und hatte unsere Brillen geholt. Er reichte mir meine. Ich setzte sie auf und schüttelte den Kopf. »Ich würde gerne von einem Taxi nach Hause gebracht werden. Aber eins rufen könntest du mir.«

Er streichelte mir mit dem Daumen über die Wange. »Warum darf ich dich nicht fahren?«

Ich schüttelte den Kopf. »Ich muss jetzt erst mal wieder einen klaren Kopf kriegen. Ich … brauche etwas Abstand. Verstehst du?«

Er zog mich mit einem Ruck zu sich. »Du weißt doch, ich kann alles für dich sein. Und wenn du es wünschst, auch ein Taxi-Fahrer.«

Es fiel mir schwer. Sehr schwer. »Bis morgen, Marco.«

Er nickte, dann lächelte er und zwinkerte mich an.

»Bis morgen. Und sei pünktlich, sonst muss du bei mir nachsitzen.«

»Und du entscheidest, wo ich sitze oder wie?«

Marco lachte laut. »So langsam verstehst du meinen Humor. Ich bin erleichtert.« Noch einmal küsste er mich, dann ließ er von mir ab, zog sein Handy aus seiner Tasche und rief ein Taxi.

Eine halbe Stunde später war ich zu Hause. In meinem Kopf herrschte ein heilloses Chaos, sodass selbst die kleinen Männchen im Inneren meines Schädels ihre Hämmer eingepackt hatten und von dannen gezogen waren. In der Wohnung war alles still. Ich ging in die Küche, setzte mich an den Tisch, schloss die Augen und versuchte mir zu erklären, wie es plötzlich dazu kam, dass ich Marco gut fand. Dass ich Gefühle für ihn hatte. Dass ich …

Ich vergrub meinen Kopf in meine Hände. Ich fand ihn von vorn herein irgendwie gut. Aber ich habe es verdrängt, weil ich dachte, er ist einfach nur ein Hallodri, dessen Lieblingsbeschäftigung darin bestand, Frauen abzuschleppen. Ein Schlonz. Ein Fuckboy.

Ein leises ›Ping‹ drang an meine Ohren. Ich schloss wieder kurz die Augen, schüttelte für mich ganz alleine den Kopf, zog das Handy aus der Tasche und tippte auf Instagram. Private Nachricht.

Mr.LovaLova Wie geht es dir?

Ich machte mein Handy sofort aus, stand auf, brachte meine Handtasche ins Schlafzimmer und nahm mir vor, ein langes und heißes Bad heute Abend zu nehmen.

Permanent hatte ich das Gefühl, heulen zu müssen. Permanent war es ganz kurz davor, dass ich in Tränen auszubrechen drohte.

Ich ging ins Bad, hängte draußen das Schild ›Besetzt‹ an die Tür und ließ Wasser in die Wanne laufen. Dann zog ich mich aus, gab einen riesigen Klecks Badezusatz ins Wasser und legte mich in die Wanne.

*** *Badezusatz: In einer WG ein Vorteil. Wir haben nur ein Bad mit einer Toilette. Wenn jemand muss, kommt er einfach rein, deswegen empfiehlt es sich, seinen nackten Körper mit Schaum zu umhüllen, wobei mir bei Christine egal ist, ob sie mich nackt sieht und bei Joe sollte es mir eigentlich auch egal sein.* ***

Die Fakten waren: Ich war erst eine Woche in der Agentur und bin gleich mit einem Mitarbeiter im Bett gelandet. Ich schrieb mit meiner Insta-Bekanntschaft, die im wahren Leben mein Chef war. Ich wollte Ben näher kennenlernen, weil er äußerlich auf jeden Fall dem perfekten Bild eines Mannes für mich entspricht. Und der letzte Fuck, ich meinte Fakt: Marco hatte nicht einmal versucht, mehr zu machen, als nur zu küssen. Er hatte mich nicht einmal unsittlich angefasst, nicht einmal versucht … Was stimmte mit diesem Mann nicht? Gut, er hatte mir an den Busen gepackt. Aber nur, um zu wissen, wie sich das Silikon anfühlt. Da war nichts Wollüstiges dran.

Ohne es wirklich gemerkt zu haben, war der Wasserpegel in der Wanne auf dem Höchststand. Ich schloss schnell den Hahn und legte mich vorsichtig zurück. Gefiel ihm mein Körper nicht? Mehr denn je hatte ich das Gefühl, in Tränen ausbrechen zu wollen.

Es klopfte.

»Trina, ich muss mal!«, sagte Christine.

»Komm rein.«

Christine kam und lächelte mich an. Dann wurde sie ernst. Sie starrte mich an. »Joe!«, schrie sie. Ich hob die Hände aus der Wanne. »Es ist alles gut.«

»Joe!«, schrie sie wieder.

»Was ist denn?« Joe kam genervt ins Badezimmer gelaufen, sah mich und murmelte: »Oh mein Gott.«

»Hört auf jetzt! Alle beide!«

»Du hast eine trinatische Lippe!« Christine hockte sich hin und sah mich traurig an, während Joe immer noch leicht erschrocken dastand, die Hände in die Hüften gestemmt und offensichtlich auf das Ausmaß der trinatischen Lippe wartete. Und es dauerte nicht lange.

*** *Trinatische Lippe: Meine Unterlippe, wenn sie leicht zittert und einen Heulkrampf par excellence ankündigt.* ***

Ich brach in Tränen aus und nicht nur das, sondern heulte so laut, dass ich Sorge hatte, dass die Nachbarn allesamt wieder mit ihren Besenstielen gegen die Wände schlugen (alles schon vorgekommen).

Christine und Joe setzten sich im Schneidersitz auf den Badezimmerteppich und sahen mich nur voller Sorge an.

»Deslk kdkki lsidich Tequila dkduie!«, heulte ich und holte geräuschvoll Luft.

Joe und Christine nickten.

»Wichdh jkdkdikekk kdkjdiu, Blickkontakt dkdkliel ist.«

Joe und Christine zuckten mit den Schultern.

»Ciejkdi dijdkjjf siejd Silikonbrust kdjiejkksi? Oder?«

Joe und Christine schüttelten mit dem Kopf.

»Joe?« Christine sah ihn fragend an.

»Ja?«

»Hol die Medizin.«

»Skkjkem keine Medizin, kldkoi!«, schrie ich und bekam kaum noch Luft.

»Doch! Brauchst du. Und jetzt komm endlich aus der Wanne raus!« Christine stand auf und hielt mir ein großes Handtuch entgegen. Heulend erhob ich mich, nahm das Handtuch, trocknete mich notdürftig ab und schlang es um meinen Körper. Joe kam währenddessen mit meiner Medizin. Er hielt mir das riesige Bonbonglas, welches mit unzähligen roten Gummibärchen gefüllt war, entgegen.

»Eine Handvoll. Müsste reichen.«

Ich griff immer noch heulend in das Glas und stopfte mir mehrere rote Gummibärchen in den Mund. Ich kaute. Christine und Joe beobachteten mich. Ich schluckte runter.

»Besser?«, fragte Christine. Joe schaute auf meine Unterlippe.

»Ja.« Ich zog noch einmal die Nase hoch und nickte mir selbst zu. Es ging mir besser.

Als ich meinen hellblauen Strampelanzug anhatte, ging ich in die Küche und setzte mich zu meinen Freunden. Joe hatte für uns heißen Kakao gemacht und jedem Becher einen riesigen Klecks Sahne verpasst. Einige Zeit hörte man uns nur schlurfen.

»Ich versuche die ganze Zeit einen Zusammenhang zwischen Tequila, Blickkontakt und Silikonbrust herzustellen und schaffe es einfach nicht«, sagte Joe, nahm sich noch einen Klecks Sahne und reichte die Schüssel weiter.

»Jetzt erzähl mal«, flüsterte Christine und streichelte mir liebevoll über den Arm.

Ich erzählte nahezu den ganzen Abend, bis zum Filmriss. Dann erzählte ich, was sich am Morgen zugetragen hatte.

»Also ich verstehe jetzt gerade nur Bahnhof. Hattest du jetzt mit Ben Blickkontakt?«

Ich sah Joe genervt an. »Nein! Mit Marco!«

»Wer ist das denn?«

»Der total durchgeknallte Kollege, mit dem ich in einem Büro sitze und der zu allem Überfluss auch noch das Sagen hat. Außerdem ist er der Schwarm aller Mitarbeiterinnen, die noch nicht das 21. Lebensjahr überschritten haben.«

»Und er hat nicht einmal versucht, mehr als nur zu küssen?«, fragte Christine ungläubig.

Wieder rollten Tränen an. »Nicht einmal!«

»Das lag an der Bauch-Weg-Unterhose. Ich bin mir sicher«, bemerkte Joe.

»Und was ist jetzt mit Mr.LovaLova?«

Ich sah meine Freundin an und zuckte mit den Schultern. »Keine Ahnung. Der kann nur schöne Worte schreiben. Mehr nicht. Im wahren Leben ist er ein absoluter Langweiler. Stellt euch vor, Ben hat gestern Abend nur Wasser getrunken und hat die Party um 9 Uhr verlassen.«

»Tom erzählte, dass er immer Wert auf seine 8 Stunden Schlaf legen würde. Das würde zumindest erklären, warum er so früh gegangen ist.«

»Ich kann euch sagen, was das ist. Das ist diese Scheißscheinwelt, in der man sich befindet, wenn man auf Insta unterwegs ist. Mit dem wahren Leben hat das doch überhaupt nichts zu tun!«

»Und was ist jetzt mit diesem Marco? Findest du den gut oder war das nur der Tequila Schuld?«

»Keine Ahnung.« Ich stand auf. »Ich geh ins Bett. Vielen Dank, für die Erstversorgung.« Ich hob noch einmal die Hand und verschwand dann in meinem Zimmer.

Als ich im Bett lag und meine Nachttischlampe für eine angenehme Atmosphäre sorgte, nahm ich mein Handy und schaute, ob ich wieder eine Nachricht bekommen hatte. Natürlich hatte ich.

> **Mr.LovaLova** Nanu, ich lese ja gar nichts mehr von dir. Ist alles in Ordnung?

> **LoverCover94** Entschuldige bitte, aber ich bin total müde und würde jetzt gerne schlafen. Bis morgen mal.

Ich legte mein Handy zur Seite, knipste das Licht aus und schlief relativ schnell ein.

#achtzehn

Um kurz nach 8 verließ ich am nächsten Morgen das Haus und durfte glücklicherweise wieder unser Auto nehmen, sonst wäre ich sicher eine Stunde zu spät auf der Arbeit gewesen.

Ziemlich gehetzt betrat ich den Aufzug und stellte für mich zufrieden fest, dass ich zumindest meine Trina-Zeit voll eingehalten hatte. Wir hatten auf den Punkt genau 8:25 Uhr.

»Guten Morgen Sarah.« Ich blieb an der Information stehen. »Ist Marco schon da?«, fragte ich. Sarah schmunzelte.

»Ja. Stell dir vor, er war pünktlich. Ist sicher nicht leicht für dich, ihn jetzt zu sehen, oder?«

Ich beugte mich leicht über die Theke. »Wieso?«, flüsterte ich.

»Na ja, du bist ihm am Samstagabend ganz schön an die Wäsche gegangen.«

Ich vergrub mein Gesicht hinter meinen Händen. »Ich weiß nichts mehr. Ich habe den totalen Filmriss gehabt.«

»Mach dir keine Gedanken. Marco ist in solchen Dingen ziemlich cool. Kennst ihn ja jetzt schon ein bisschen. Aber bei Lisa bist du unten durch.«

Ich verdrehte grinsend die Augen. »Das kann ich mir denken. Ich geh mal ins Büro. Bis später.«

Sarah beugte sich über die Theke. »Ben ist übrigens auch schon da«, rief sie. Ich hob im Gehen nur die Hand. Interessierte mich nicht. Ich klopfte kurz an die Tür und öffnete sie sofort. Zielstrebig lief ich auf meinen Arbeitsplatz zu und sah an dem Schreibtisch, der die letzte Woche permanent leer war, einen sitzen. »Sorry. Ich bin zu spät«, murmelte ich und sah, wie Marco übertrieben auf seine Uhr schaute. »32 Minuten nachsitzen.« Dann widmete er sich wieder seiner Arbeit. Ich stellte mich zu dem neuen Kollegen und reichte ihm die Hand. »Guten Morgen. Ich bin Trina und seit letzter Woche die neue Kollegin.«

Der Mitarbeiter stand sofort auf und lächelte mich an. »Ali. Willkommen im Team, Trina.« Ali, schätzungsweise 55 Jahre alt, Glatze, lustige Augen und einen Ehering an der linken Hand, setzte sich wieder und arbeitete akribisch weiter. Vorbei war das Alleinsein mit Marco.

Ich setze mich, knöpfte meine Strickjacke um zwei weitere Stellen zu und machte meinen Computer an.

Just in dem Moment ertönte der Insta-Ton meines Handys.

»Private Nachrichten bitte in deiner Freizeit!«

Ich sah auf. »Das sagtest du bereits. Ich schau mir die Nachricht ja nicht an«, zischte ich. Marco lächelte vor sich hin.

Es klopfte leise an der Tür. »Herein bitte!«, sagte Ali freundlich. Die Tür wurde von einer jungen Mitarbeiterin geöffnet, die wieder mal nur Marco anlächelte und herein kam Lisa, mit zwei Tassen Kaffee. Eine stellte sie Ali hin, die andere, wieder befüllt mit Plätzchen, stellte sie Marco hin. »Ihr ... ich meine, dein Kaffee«, hauchte sie und ich meinte sehen zu können, dass sie bewusst ein Hohlkreuz machte, um ihren Busen größer aussehen zu lassen.

»Lisa, könntest du mir bitte auch einen Kaffee bringen? Genauso wie Marcos.« Ich sagte das, schaute aber weiterhin auf meinen Computer.

»Dafür bin ich nicht zuständig«, sagte sie, wedelte ihre blonden Locken mit einer gekonnten Kopfbewegung zurück, lächelte noch einmal Marco an und verschwand dann aus dem Büro.

»Also, das ist ... das ist doch unverschämt!«, entfuhr es mir laut. Ali stand auf. »Ich hole dir einen Kaffee. Quasi als Begrüßung.«

»Vielen Dank, Ali, das ist sehr nett von dir!«

Ali verließ das Büro.

»Kannst du mir mal verraten, was für ein Problem du hast?«

Ich sah um den Computer herum, um Marco besser sehen zu können. »Ich habe kein Problem. Ich finde es nur unter aller Sau, wenn eine Praktikantin dir den Hof macht und du dich auch noch darüber freust.«

Marco klappte der Mund auf und ich spürte genau, dass plötzlich alles raus wollte. Und ich hielt es nicht auf. »Und noch was will ich dir sagen! Ich weiß nicht, was du damit beabsichtigst, aber es ist nicht unbedingt männlich, eine Frau über Stunden zu küssen, aber nichts anderes zu versuchen! Das macht Mann nicht!«

Marco presste die Lippen zusammen und schmunzelte, was mich noch mehr aufregte. »Ich wollte dich gestern nicht überfordern. Das ist alles.«

Wutentbrannt stand ich auf. »Überfordern? Das ist ja lächerlich. Eins will ich dir sagen! Ich habe schon viele Fleischwürste in meinem Leben gesehen! Sehr viele! Und deine ist nicht anders, als die anderen Würste!« Ich setzte mich ruckartig. Marco grinste immer noch.

»Die Frage ist doch, wie viele Fleischwürste du schon gegessen hast!«

Und wieder stand ich auf. »Und Anzüglichkeiten dieser Art …«

Die Tür ging auf und Ali kam mit meinem Kaffee rein. Ich setzte mich wieder.

»So, bitteschön, Trina.«

»Vielen Dank, Ali.«

Ich konzentrierte mich nur noch auf meine Arbeit, schaute wohl aber auf, ebenso wie Marco, als Ali in sein Butterbrot biss, belegt mit Fleischwurst. Ich hatte langsam aber sicher das Gefühl, ich war auf einen Schlonz hereingefallen. Andererseits dachte ich immer wieder darüber nach, wie es gewesen wäre, wenn wir miteinander geschlafen hätten. Dann würde ich mich vermutlich noch schlechter fühlen, weil das Wort ›ausgenutzt‹ dann eine völlig neue Bedeutung bekommen würde. Zu allem Überfluss war es auch noch mein Auftrag, ein Cover zu fertigen für das Genre Erotik. Den Vormittag verbrachte ich also damit, eine Leseprobe von immerhin 15 Seiten zu lesen, um einen Eindruck vom Roman zu bekommen. Auf den 15 Seiten waren gefühlt 15 Sex-Szenen, die mir nicht nur die Röte ins Gesicht trieben, sondern meine Hormone so richtig zum Tanzen brachten. Dass mein Handy weiter ›Instagram-Pings‹ von sich gab, versuchte ich so gut es ging zu ignorieren, wobei es bei mir natürlich nicht unbemerkt blieb, dass Marco jedes Mal aufsah. Ben müsste sich gedulden. Ich könnte frühestens in der Mittagspause antworten.

Um 11 Uhr machte sich Ali auf den Weg zum Großraumbüro, um einer neuen Mitarbeiterin die Programme zu erklären. Nun waren Marco und ich wieder alleine.

»Sollen wir noch mal das Thema Fleischwurst aufgreifen?«, fragte er, kurz nachdem Ali die Tür hinter sich geschlossen hatte.

»Private Gespräche bitte in deiner Freizeit!«, murmelte ich und las weiter. Ich kam ins Schwitzen. Die Szenen waren nun wirklich sehr bildlich beschrieben.

Nachdem ich aufmerksam alles gelesen hatte, meine Hormone sich absolut verselbstständigt hatten, lehnte ich mich zurück und nahm mein Handy. Aus den Augenwinkeln sah ich, dass Marco aufsah. Ich hob sofort eine Hand. »Ich melde hiermit meine Mittagspause an.«

»Ich sag ja gar nichts. Ich mache auch Mittagspause.«

Eigentlich widerstrebte es mir, zu schauen, was Mr.LovaLova mir geschrieben hatte. Aber irgendwann musste ich nachsehen.

> **Mr.LovaLova** Du schreibst so wenig. Ist alles gut bei dir?

> **Mr.LovaLova** Wenn ich dich nerve, bitte ganz ehrlich sein.

> **Mr.LovaLova** Hey, es hat ein neuer Muffin Laden eröffnet. Schon gesehen?

Ich sah kurz aus dem Fenster, konnte es nicht lassen, kurz zu Marco zu schauen, der aber nur Augen für sein Handy hatte und überlegte, was ich jetzt schreiben könnte.

LoverCover94 …

LoverCover94 Entschuldige, es ist momentan mal wieder sehr stressig. Ein Mitarbeiter ärgert mich ziemlich. Anstrengend ist das.

Mr.LovaLova Womit ärgert er dich?

Das wahre Problem bestand darin, dass ich ja wusste, dass ich mit Ben schrieb, und er der Gründer dieser Agentur war. Also alles, was ich über Marco erzählen würde, wäre ungünstig.

LoverCover94 Es wäre eigenartig, dir davon zu erzählen. Aber mich mal auskotzen würde ich gerne …

Mr.LovaLova Und wenn ich dir verspräche, dass alles nur bei Insta bleibt?

LoverCover94 Er ist einfach ein Arschloch. Nur das. Coole Sprüche kann er bringen, mehr aber auch nicht.

»Schreibst du mit deiner Insta-Bekanntschaft?«, fragte Marco. Ich legte mein Handy zur Seite.

»Ja. Und du? Schreibst du mit deinem Fanclub?«

»Ich hoffte eigentlich, du seist mein größter Fan. Fühlte sich jedenfalls gestern so an. Und heute ist alles anders.«

»Wir sind schließlich auf der Arbeit, Marco!«

»Und wo gedenkst du, nachsitzen zu wollen?«

Ich schloss die Augen und lehnte den Kopf zurück, obwohl mein Handy wieder ein Geräusch von sich gab und es automatisiert war, dass meine Hand sofort nach dem Gerät griff.

»Du bist der Vorgesetzte. Musst du doch wissen. Wenn es nach mir ginge, würde ich pünktlich Feierabend machen und nach Hause fahren. Ich bin müde.«

»Okay. Ich weiß wo.«

Ich setzte mich wieder nach vorne und wollte mit dem Cover beginnen. »Schön für dich.«

Ich sah es Marco an, dass er immer unzufriedener wurde. Sein Lächeln war gänzlich verschwunden und ich spürte, dass er nicht wusste, wie er mit mir umgehen sollte. Bis zum Nachmittag sprachen wir kein einziges Wort mehr miteinander.

Ali war bereits gegangen und auch ich freute mich einfach nur noch darauf, den Computer ausmachen zu dürfen und nach Hause zu fahren.

»So, ich würde dann auch Schluss für heute machen.«

Marco war immer noch in Arbeit vertieft. »Geht nicht«, flüsterte er und tippte wie wild auf der Tastatur herum.

»Wieso?« Ich hatte bereits meinen Computer heruntergefahren, meine Sachen eingepackt und war aufgestanden.

»Fertig!«, sagte Marco, dann sah er mich an. »Du musst noch nachsitzen. Du warst heute Morgen zu spät.«

Ich ließ mich zurück auf den Schreibtischstuhl fallen, schüttelte den Kopf und schloss die Augen. Dass Marco aufgestanden war und zu mir kam, bemerkte ich erst, als er seine Hand auf meine Schulter legte. »Oben. Bei mir.«

Ich öffnete die Augen. »Marco. Wenn du nicht auf mich stehst, ist das völlig in Ordnung. Du musst das jetzt nicht machen. Es war gestern sehr nett, wir haben den Abend davor gefeiert und mehr ist ja nicht passiert.«

Er packte mich plötzlich am Arm und zog mich hoch.

»So, jetzt reicht es mir. Mitkommen.« Er zog mich regelrecht hinter sich her, wir verließen das Büro, durchquerten das Großraumbüro und gingen zu den Fahrstühlen, ohne irgendeinem ›Tschüss‹ zu sagen. Nur Sarah sah uns lächelnd hinterher.

»Was hast du denn vor?«

Der Aufzug kam, Marco zog mich rein, holte seinen Schlüssel aus seiner Tasche, steckte ihn ins Schloss und die Türen schlossen sich. Was er vorhatte, wusste ich nicht. Reden? Küssen? …?

»Hast du eine Ahnung, wie sehr ich mich gestern zusammenreißen musste?«

Ich sah ihn einfach nur an und zuckte mit den Schultern. Er schüttelte den Kopf und zog mich an sich. Dann küsste er mich und ich schmolz dahin. Was war los mit mir? Ich fand ihn anzüglich. Ich fand ihn frech. Ich fand ihn teilweise wirklich überheblich. Und doch spürte ich in diesem Moment nur allzu deutlich, wie sehr ich mich danach gesehnt hatte.

Noch während der Aufzug fuhr, begann er, meine Strickjacke aufzuknöpfen und noch ehe der Aufzug zum Stehen kam, lag nicht nur meine Jacke auf dem Boden, sondern auch meine Bluse. Wir küssten uns wild weiter. Unsere Brillen hatten wir irgendwo auf dem Weg zum Bett verloren. Er packte mich unter den Armen und legte mich aufs Bett.

Ich mache es kurz: Ich hatte Blickkontakt. Viel Blickkontakt!

Völlig verschwitzt lagen wir nackt nebeneinander.

»War ich männlich genug für dich?«, fragte er außer Atem.

Ich lachte kurz und nickte dabei. »Du, Marco?«

»Was?«

»Das im Mittelteil. Könntest du das noch mal machen?«

Er rutschte dicht zu mir und ließ seine Hand über meinen Bauch gleiten. »Meinst du das?« Ich kicherte. Es kitzelte, was er da machte.

»Nein. Das andere!«

Er legte sich auf mich. »Ach so, das meinst du.«

Ich schlang meine Arme um ihn und wollte ihn am liebsten nie wieder loslassen.

Es war längst dunkel, als wir uns voneinander verabschiedeten. Immer wieder küssten wir uns.

»Ich muss jetzt wirklich gehen, Marco.«

»Nur noch einen.« Wieder begegneten sich unsere Zungen. »Das sagst du jetzt seit 20 Minuten. Ich muss jetzt wirklich«, nuschelte ich in seinen Mund.

Marco kam noch mit nach unten und öffnete mir die Fahrertür.

»Ich würde das, was wir im Mittelteil gemacht haben, noch mal hinkriegen. Nicht doch hierbleiben?«

Ich schüttelte den Kopf. »Ich muss wirklich jetzt, Marco.«

»Okay. Bis morgen?«

Ich nickte glücklich, dann machte ich die Türe zu, schnallte mich an und setzte rückwärts.

Ich ließ die Scheibe runter. »Hey, wenn ich morgen zu spät komme, muss ich dann wieder nachsitzen?« Ich grinste ihn an.

»Nein! Dann musst du nachliegen! Obwohl, nachsitzen geht auch.«

Ich hob noch einmal die Hand, dann fuhr ich los.

#neunzehn

Ich fühlte mich wie ein Engel, als ich in unsere Wohnung schwebte. Alles um mich herum wirkte unwirklich. Ich war total glücklich und zufrieden und freute mich unbändig auf morgen, wenn ich Marco wiedersehen würde. Ich hängte meinen Schlüssel ans Brett und ging in die Küche. Am Tisch saßen Joe, Tom, Christine und ein Mann, den ich nicht kannte. Ich war nur in der Lage, die Hand zu heben und wollte gerade in meinem Zimmer verschwinden.

»Äh, Trina? Darf ich dir jemanden vorstellen? Das ist Collin aus London.« Christine schaute mich fragend an.

»Hi, Collin. Nice to meet you! Hallo Tom! Hallo Joe.« Ich ging auf mein Zimmer, legte mich aufs Bett und schloss lächelnd die Augen. Ich fühlte mich, als würden seine Hände immer noch über meinen Körper wandern. Es klopfte zaghaft. »Wir sind es, können wir reinkommen?«, hörte ich Joe sagen. Ich setzte mich auf.

»Ja.«

Joe und Tom kamen zögerlich rein, wobei Tom fragte, ob es in Ordnung sei, wenn er auch mit dabei sein würde. Mir war alles egal. Ich war einfach nur glücklich.

»Du siehst ziemlich verpeilt aus. Ist alles in Ordnung?«, fragte Joe und setzte sich neben mich. Tom nahm auf meinem Schreibtischstuhl Platz.

»Mir geht es gut. Mir geht es richtig gut.«

Joe nickte. »Wer ist dafür verantwortlich?«

»Marco.«

»Der Blickkontakt?«

»Ja.«

»Baby, wir müssen dir was sagen.«

»Schieß los, mich haut nichts um«, sagte ich glücklich.

Joe nickte Tom zu, der sich permanent die Hände rieb. »Du bist mit Marco Frisetti zusammen? Die rechte Hand von Ben?«

Ich sah Tom erstaunt an. »Na ja, was heißt zusammen. Wir …« Ich schaute zur Decke, schloss die Augen und lächelte vor mich hin. »Er ist toll. Er ist … ich glaube, ich habe mich verliebt. Ich weiß, das klingt ziemlich abgefahren, ich meine, ich bin ja erst seit einer Woche da, aber mit Marco ist es …«

»Er ist verheiratet, Trina.«

Ich sah Tom an und schüttelte lächelnd den Kopf. »Was?«

»Es tut mir so leid.« Joe versuchte, mich in den Arm zu nehmen, aber ich war plötzlich vollkommen steif.

»Was?«, fragte ich noch mal, nun nicht mehr lächelnd.

»Er ist mit einer Kollegin von mir verheiratet. Seit 4 Jahren schon.«

Ich schüttelte den Kopf. »Das kann nicht sein«, murmelte ich. Die Jungs blieben still. »Raus.«

»Baby, lass uns noch ein bisschen bei dir bleiben.«

»Raus«, schrie ich, stand auf, packte Joe am Arm und zog ihn zur Tür. Mit Tom machte ich es ebenso, wobei ich ihn versehentlich gegen die Wand unmittelbar neben der Tür schubste. Tom rieb sich den Kopf und verschwand. Ich schloss ab und setzte mich wieder auf mein Bett.

»Baby, mach doch bitte auf.«

Ich spürte selbst, wie die trinatische Lippe begann zu zittern. Und dann kam der Moment, wo ich nicht mehr konnte. Ich heulte. Laut. Ich saß einfach da und heulte. Joes Rufe, ich solle sofort die Türe aufmachen, hörte ich nicht und auch Christine, die versuchte, mit mir durch das Holz zu sprechen, ignorierte ich. Ich wollte nur noch alleine sein und mich diesem schrecklichen Schmerz voll hingeben.

Nach einer Stunde, die ich nur damit verbrachte zu heulen, zog ich weinend mein Handy aus der Tasche. Was mich veranlasste, ein komplett schwarzes Bild auf Insta zu posten, wusste ich nicht, aber es tat gut. Es bekundete meine wahnsinnige Trauer. #Schwarz #Trauer #Dukannstmichmal. Auf einen Text verzichtete ich. Nahezu gleichzeitig ertönte der Ton einer Nachricht. Ich tippte den kleinen Papierflieger an und sah, dass Mr.LovaLova mir eine Nachricht geschrieben hatte. Noch ehe ich sie las, überlegte ich, ihm die Riesenlüge aufzutischen, eine Verwandte sei urplötzlich gestorben und ich könnte diese Woche leider nicht mehr in der Agentur erscheinen. Aber ich traute mich nicht.

> **Mr.LovaLova** Dein Bild hat mich sehr irritiert … was ist passiert?

> **LoverCover94** Ich habe mich in einem Menschen getäuscht. Das ist passiert.

> **Mr.LovaLova** Magst du drüber reden/schreiben?

> **LoverCover94** Nein. Lieber nicht.

> **Mr.LovaLova** Weißt du, **LoverCover94**, manchmal sind die Dinge anders, als du denkst … ein doofer Spruch, ich weiß, aber ich habe oft die Erfahrung machen müssen. Und am Ende hat sich alles aufgeklärt.

LoverCover94 Schöne Worte. Wäre schön, du wärst im wahren Leben auch so, wie im Virtuellen.

Mr.LovaLova Vielleicht bin ich das …

LoverCover94 Gute Nacht.

Ich legte mein Handy weg.

Ich wusste im Nachhinein nicht mehr, wie lange ich noch auf dem Bett saß, vor mich hinstarrte, ab und zu die Tränen aus meinem Gesicht wischte, aber irgendwann hörte ich keinen Ton mehr von meinen Mitbewohnern. Leise ging ich ins Bad, freute mich durchaus, als ich Christine lachen und Joe stöhnen hörte, putzte mir die Zähne und wollte nur noch meine Bettdecke über meinen Kopf ziehen und einschlafen. Ich schaffte es noch, meinem Handy den Befehl zu geben, mich am nächsten Morgen um 6:00 Uhr mit dem Lied ›What a fuck‹ zu wecken, dann zog ich mir den Schlafanzug an und legte mich ins Bett.

Glücklicherweise gelang es mir relativ schnell, in den Schlaf zu finden, was beim Blick zuvor auf die Uhr nicht sonderlich verwunderlich war, wir hatten bereits 1:30 Uhr.

Mit wahnsinnigen Kopfschmerzen wurde ich am nächsten Morgen wach und zog ernsthaft in Erwägung, Sarah um 8 Uhr anzurufen, um ihr zu sagen, dass ich krank sei. Aber auch das traute ich mich nicht.

Nach einer kalten Dusche zog ich mich an. Von Joe und Christine hörte ich nichts und ich wusste, dass Joe erst um 10 Uhr beginnen würde und Christine immer noch Semesterferien hatte.

Ich hatte mich für die moderne Jeans entschieden und für den geringelten Pullover. Und siehe da, die Jeans passte deutlich besser, als noch an dem Tag, an dem Ben mich aufgesucht hatte, um mir einen neuen Termin für ein Vorstellungsgespräch zu unterbreiten. Ich hatte abgenommen, was mich nicht wunderte. Viel gegessen hatte ich die letzte Woche nicht. Auf Make-up verzichtete ich gänzlich, getreu dem Motto: Back to nature. Meinen Mitbewohnern legte ich einen Zettel auf den Küchentisch mit den Worten: *Ich habe ›Biene entführt‹.*

Dann machte ich mich pünktlich um 20 vor 8 auf den Weg.

Sarah kam mir noch auf der Straße entgegen und wir fuhren gemeinsam mit dem Aufzug in die 7. Etage.

»Du siehst ziemlich verheult aus, wenn ich das mal sagen darf.«

»Das meinst du nur. Ist Heuschnupfen. Der macht mir dieses Jahr richtig zu schaffen.«

Ich sah Sarah an, dass sie mir das nicht wirklich abnahm. Aber sie nickte und das Thema ›Verheult‹

wurde nicht mehr angesprochen. Ben saß schon an seinem Schreibtisch, winkte Sarah und mir durch die Glaswand zu, zusätzlich grinste er mich an und hielt sein Handy hoch. Ich konnte mir denken, was er damit meinte. Sicher hatte er mir eine Nachricht geschickt. Ich lächelte zurück (wobei ich gar nicht wusste, ob sich meine Mundwinkel überhaupt bewegt hatten), hielt ebenfalls mein Handy in die Luft und schlenderte dann durch das Großraumbüro, was noch relativ leer war, zu meinem Büro.

Weder Marco war da, noch Ali. Ich begann sämtliche höhere Sachen von den Fensterbänken und aus den Schränken zu nehmen und auf meinem Schreibtisch so aufzubauen, dass mich Marco nicht mehr sehen konnte. Und später, das wusste ich, würde ich auf jeden Fall mit Ben sprechen, dass ich unter keinen Umständen weiterhin mit Marco in einem Büro sitzen wollte. Vorgesetzter hin oder her. Während der Computer hochfuhr, schaute ich auf mein Handy und hatte natürlich eine Nachricht von Mr.LovaLova.

Mr.LovaLova Guten Morgen meine Schöne. Ich finde, heute ist der Tag, an dem wir uns treffen sollten. Die Lösung, welcher mein Lieblingsmuffin ist, würde ich gerne von dir persönlich hören. Bist du dabei?

Ich überlegte. Zu verlieren hatte ich nichts und eine gewisse Ablenkung würde mir auch guttun. Und vielleicht war er ja privat anders, als hier in der Agentur. Ja, vielleicht trug er privat auch mal Jeans.

LoverCover94 Gerne. Bin dabei. Wo und wann?

Mr.LovaLova Kennst du das Café am Marktplatz?

LoverCover94 Ja. Diese Mischung aus Café und Kneipe meinst du, oder?

Mr.LovaLova Genau. Um sagen wir 18:00 Uhr?

LoverCover94 Wenn ich pünktlich gehen darf, dann schaff ich das ☺

Mr.LovaLova Darfst du ☺ Bringen wir doch unsere Lieblingsmuffins mit. Unser Erkennungszeichen. Ein LikeforLike für den Muffin des anderen. Guter Vorschlag?

LoverCover94 Lustiger Vorschlag. Gerne! Also um 18:00 Uhr mit Muffin im Café. Ich freu mich …

Noch während ich schrieb, ging die Tür auf und Marco kam rein.

»Guten Morgen, du sexy Wesen aus dem Mittelteil.«

Ich hob die Hand und schaute auf den Computer. »Komm, spar dir deine Anzüglichkeiten.«

Er setzte sich und schaltete seinen Computer an. »Was ist los?«, fragte er und schob eine der Vasen zur Seite, die ich extra dahingestellt hatte. Ich schob sie zurück.

»Weißt du was? Ich habe einfach die Schnauze voll von Männern. Das ist los. Also, suche dir einen anderen Mittelteil und ich suche mir eine andere Fleischwurst. Ende. Und jetzt lass mich einfach arbeiten, ich will nämlich heute pünktlich Feierabend machen. Ich bin verabredet. Übrigens mit einer Fleischwurst!«

Die Tür ging auf und Ali kam fröhlich rein. »Guten Morgen, ihr Arbeitstierchen.« Marco und ich sahen ihn kurz nur an, murmelten beide ›Guten Morgen‹, ehe ich wieder auf den Computer starrte und Marco versuchte, durch die vielen Vasen, Standbilderrahmen, Windlichter und Skulpturen meinen Blick zu erhaschen.

»Ach, das sieht aber nett auf deinem Schreibtisch aus. Hast du es dir etwas hübsch gemacht, ja?« Ali begutachtete jeden Gegenstand, den ich als Barriere zwischen meinem und Marcos Schreibtisch aufgebaut hatte. Dann setzte er sich. »So, na dann mal an die Arbeit.« Er rieb sich die Hände und schaltete seinen Computer an.

Nach einer halben Stunde, in der eine absolute Stille herrschte und jeder nur akribisch arbeitete, klopfte es plötzlich, dann ging die Tür auf. Ich verdrehte sofort die Augen.

»Wir haben Kaffee für euch gemacht.« Lisa kam herein, wieder mit zwei Tassen, wobei der Unterteller einer der Tassen bestückt mit Gebäck war. Lisa würdigte mich keines Blickes und stellte erst Ali eine Tasse hin, dann Marco, wobei sie bei ihm länger stehen blieb und ihn mit Hohlkreuz anlächelte. Erst als Marco ihr zu nickte, ging sie.

»Also, da hat die Praktikantin dir wieder keinen Kaffee gebracht. Wie unhöflich«, bemerkte Ali.

Ich stand leicht gereizt auf. »Doch, sie hat mir einen Kaffee gebracht. Indirekt!« Ich umrundete die Schreibtische, ging zu Marco, nahm die Tasse mit den Plätzchen, schob mir direkt eines in den Mund und nahm die Tasse mit zu meinem Platz. Dann setzte ich mich zufrieden, kaute und schlurfte den Kaffee. Marco blieb der Mund offenstehen, während Ali lächelnd den Zeigefinger hob, also wolle er sagen: Du böses Mädchen.

»Ali, wärst du so freundlich und würdest Lisa das neue Bildbearbeitungsprogramm erklären? Lass die

Praktikantin mal versuchen, ein Werbebild zu kreieren.«

»Jetzt?«, fragte er erstaunt.

»Jetzt!«

Ali stand auf und ging, jedoch ließ er die Tür offen, weil Sarah kam.

»Trina, Ben möchte, dass du heute Mittag eine Präsentation machst. Du sollst das Cover vorstellen, für den neuen Roman. Ben war von deinem letzten Cover so begeistert.«

»Kein Problem.« Ich lächelte Sarah an. Sie verschwand mit leicht irritiertem Gesichtsausdruck. Ich fühlte mich gut. Gut, weil ich mir selbst schwor, mich nicht mehr verarschen zu lassen. Sobald die Tür hinter Sarah ins Schloss fiel, stand Marco auf und kam zu mir.

»Ich will jetzt, dass du mir sagst, was mit dir los ist!« Marco setzte sich mit verschränkten Armen auf meinen Schreibtisch und sah mich wütend an.

»Na, dann schlage ich dir vor, deinem Gehirn mal zu sagen, es möge von der Fleischwurst wieder in deinen Kopf wandern, damit du denken kannst!«, zischte ich.

»Weißt du was, Trina, ich fühle mich von dir ziemlich benutzt! Für den Mittelteil war ich gut genug, oder was?«

Ich brach in lautem und künstlichem Gelächter aus. »Du fühlst dich benutzt, Marco? Du? Was ist mit mir?

Was ist mit deiner Frau? Fühlen die sich vielleicht auch benutzt?«

Ihm klappte der Mund auf, kurz, danach sah er zu Boden und nickte.

»Meine Frau ist in Afrika.«

»Ja ne, ist klar. Und ich bin der Kaiser von China.«

»Was für ein alter Spruch, Trina.«

»Ich mag alte Sprüche und jetzt nimm deinen Hintern von meinem Schreibtisch, ich muss schließlich eine Präsentation vorbereiten.« Marco stand wortlos auf und setzte sich wieder auf seinen Platz.

Ich konzentrierte mich ausschließlich auf meine Präsentation des Erotik Covers. Zugegebener Maßen ist es besonders schwierig, wenn man wütend ist, ein Cover zu machen, was nicht nur sexy aussehen sollte, sondern zudem auch ein kleines bisschen romantisch. Ob es mir gelungen war, wusste ich nicht. Aber 3 Stunden später war ich sehr zufrieden mit meiner Arbeit.

»Soll ich es mir anschauen?«, fragte Marco, als er sah, dass ich mich zufrieden zurücklehnte.

»Nein. Sollst du nicht. Ist meine Präsentation!«

»Ich bin dein Vorgesetzter.«

»Du bist nur der lästige Mittelteil!« Ich stand auf und verließ das Büro. Im Großraum sah man an einen der vielen Schreibtische Ali sitzen, wie er verzweifelt versuchte, der Praktikantin Lisa das Computerprogramm näherzubringen. Ich ging zu Sarah.

»Wann soll ich mit der Präsentation starten? Hat Ben was gesagt?«

»In 10 Minuten. Er telefoniert noch. Sag mal, ist alles okay bei dir?«

»Mir ging es nie besser«, sagte ich wütend und verzog mich in die Küche.

#zwanzig

10 Minuten später hatten sich sämtliche Mitarbeiter in Bens Büro versammelt. Sarah hatte alles für die Präsentation vorbereitet, das Cover konnte übergroß mit einem Beamer auf eine Leinwand projiziert werden, die Fenster waren mit den Außenjalousien verdunkelt worden. Ich hatte mir meine Haare streng zurückgekämmt und zu einem hohen Dutt zusammengebunden (Sarah hatte mir geholfen). Mit dieser Frisur hatte ich das Gefühl, dass Cover noch besser erklären zu können, sodass es authentischer rüberkam. Ben stellte sich vor alle Mitarbeiter, klatschte in die Hände, damit Ruhe herrschte und begann mit der Vorrede. Marco saß mit verschränkten Armen auf Bens Schreibtisch. Ich würdigte ihm keinen einzigen Blick. Er war Luft für mich.

»So, unsere neue Mitarbeiterin Katrina Dimätito …«

»Dimitrijewa«, sagte ich schnell und nickte Ben zu.

»Ja. Also, Katrina möchte uns heute ihren Auftrag präsentieren. Es geht um ein Buch-Cover, einer amerikanischen Autorin, die im Genre Erotik große Erfolge erzielen konnte und eine beachtliche Leserschaft hat. Ich möchte alle bitten, sich vor allem die Anordnung gewisser Elemente anzuschauen, ich denke, da können hier einige Mitarbeiter von Katrina lernen.« Ben trat zur Seite. Alles klatschte in die Hände.

»Vielen Dank, Ben.« Ich nickte ihm lächelnd zu, loggte mich im Computer ein und rief schon mal die Datei auf, um sie gleich präsentieren zu können. »In dem Roman von *Betty Heart* mit dem Titel ›Just us‹, geht es um eine Frau, die in der Beziehung zu ihrem Partner lernt, ihre emotionale Stärke zuzulassen, nachdem sie leider die Erfahrung machen musste, von ihrem Ex-Mann betrogen zu werden und diesen auf frischer Tat ertappte. Ich habe versucht, die emotionale Stärke der Protagonistin bildlich darzustellen und denke, dass mir dies ganz gut gelungen ist.« Alles klatschte in die Hände, ich stellte den Beamer an, der nun übergroß das Cover von ›Just us‹ auf der Leinwand zeigte. Zuerst ging ein Raunen durch die Menge, dann ein erschrockenes Aufschreien.

»Chantal und Joline verlassen sofort mein Büro!«, sagte Ben laut und versuchte sich vor die Leinwand zu stellen. Die beiden Schülerpraktikantinnen gingen, wobei Joline weinte. Zugegebenermaßen hatte ich die emotionale Stärke etwas drastisch dargestellt, aber, mir gefiel es.

»Was hast du dir dabei gedacht?«, fragte Ben. Die meisten schauten zu Boden.

»Ich habe eine Frage!«, rief Ali, der relativ weit hinten stand.

»Bitte«, versuchte ich selbstbewusst zu sagen.

»Was hat denn die Frau da um die Hü … Hüfte ge … gebunden?«

Ich nahm den Zeigestock, den Ben mir extra hingelegt hatte in die Hand und zeigte damit auf die Leinwand.

»Du meinst das?«

»Ja.«

»Das ist eine Attrappe.«

»Wofür?«, fragte ein anderer.

»Für einen …«

Ben fiel mir ins Wort. »Ich denke, jeder kann sich denken, wofür diese Attrappe ist, das brauchen wir jetzt nicht mehr in allen Einzelheiten zu erklären.«

»Und was hält die Frau da in der Hand?«, fragte wieder Ali.

Ich zeigte auf die Hand der Frau und tippte mit dem Stock immer wieder dagegen. »Das ist ein Flogger. Ich denke, jeder hier im Raum weiß, nach der *Fifty-Shades-Trilogie,* was ein Flogger ist, damit kann man großflächig Schmerzen bereiten, wenn man weiß, wie man den Flogger zu benutzen hat. Man schwingt in quasi von hinten nach vorne, wobei die einzelnen Lederriemen so ihre volle Wirkung erzielen.«

Totenstille.

Plötzlich ein Räuspern.

»Und was ist das im Mittelteil?«

Ich drehte den Kopf und sah Marco an. Dann schob ich mit dem Zeigefinger die Brille nach oben, ohne ihn aus den Augen zu lassen. »Ein männlicher Hintern.«

»Aber müsste dann nicht auch der Rücken des Mannes zu sehen sein?«, fragte ein anderer.

»Der Mann hockt!«, erklärte ich und ärgerte mich sehr, dass Marco den Kopf schüttelte und dabei abwertend grinste. Einige ließen ein »Iiihh« von sich. Ben hatte sich inzwischen hinter seinen Schreibtisch gesetzt, starrte aber weiterhin auf das Cover.

»Mir gefällt nicht, wenn ich das sagen darf, Trina, ohne dir schaden zu wollen, dass du keine Serifenschrift für den Titel ›Just us‹ verwendet hast. Wäre es nicht deutlich ausdrucksstärker, und würde auch dem Titel mehr Härte verleihen, wenn du beispielsweise die Schriftart Garamond nähmst?«, warf Ali ein, der immer wieder den Kopf schieflegte und wissenschaftlich versuchte, das Cover zu interpretieren. Ein lautes Klopfen gegen die Glastür ließ alle im Raum kurz zusammenzucken. Sarah ging schnellen Schrittes hin, wobei das laute Klackern ihrer Pumps unangenehm im Büro hallte.

»Gibt es sonst noch Fragen?« Ich sah mich im Raum um, aber keiner der Anwesenden meldete sich. Dann kam Sarah mit schnellen Schritten auf mich zu.

»Trina, ein Joe will dich sprechen. Ist wohl ziemlich dringend.«

»Sag ihm, ich komme gleich.« *Was machte Joe hier?*

Ben war aufgestanden und hatte den Beamer ausgeschaltet und außerdem die Elektrik bedient, die die Jalousien wieder nach oben fahren ließ. Dann klatschte er in die Hände und sagte, alle sollten wieder an ihre Arbeit gehen.

»Marco und Trina bleiben bitte hier!« Ben zog einen weiteren Stuhl vor seinen Schreibtisch und deutete mir und Marco an, dass wir uns setzen sollten. Dann nahm er selbst in seinem Schreibtischstuhl Platz, faltete die Hände, schloss kurz die Augen, ehe er sie öffnete und Marco und mich entsetzt ansah.

»Das war eine absolute Katastrophe. Ich bin entsetzt. Mir fehlen die Worte! Ich kann nicht verstehen, Marco, dass du dieses Cover durchgelassen hast.« Ich sah Ben an und biss mir auf die Unterlippe. Ich musste mir selbst eingestehen, dass das Cover provokant war. Um es anders auszudrücken, erschreckend. Um nicht zu sagen: Absolut versaut. Und ich hatte Marco nicht erlaubt, sich das Cover vor der Präsentation anzusehen.

Marco klatschte plötzlich in die Hände und lachte laut. Ich sah ihn erschrocken an, ebenso wie Ben.

»Wunderbar. Genau die Reaktion hatten Trina und ich uns erhofft. Wir wollten mit diesem Cover verdeutlichen, was für eine Wirkung Bilder erzielen können, und wie somit der Kunde verführt wird, sich einen ganz anderen Inhalt vorzustellen. Somit ist die These: Das Cover entscheidet über die Kauffreude, belegt. Wir haben unser Ziel erreicht. Jeder spricht darüber und keiner wird dieses Cover vergessen. Morgen, Ben, bekommst du das vorgelegt, was gewünscht wird. Ein Cover, was zu dem Roman von Betty Heart passt und die Mischung aus Erotik und Romantik richtig herauskristallisiert.«

Ich sah Marco mit offenem Mund an. Und selbst das laute Lachen von Ben ließ mich nicht wegsehen.

»Fantastisch! Sehr gut gemacht! Jetzt verstehe ich die Präsentation natürlich viel besser. Ein tolles Experiment von euch. Nur bitte, das nächste Mal daran denken, dass unsere Schülerpraktikantinnen meist um die 14 Jahre alt sind.«

»Da denken wir auf jeden Fall das nächste Mal dran. Ich kümmere mich darum, dass das sexuelle Weltbild bei den Praktikantinnen nicht zerstört wurde.« Marco stand auf. Zögerlich tat ich es ihm gleich. Er zwinkerte mir ernst zu, haute mir kurz und knackig auf den Allerwertesten und verließ zielstrebig das Büro.

»Ihr seid ein gutes Team! Wirklich. Ein gutes Team. So ich müsste mal telefonieren«, sagte Ben lächelnd. »Also, bis später, Trina.«

»Ja. Bis später, Ben«, kam es leise über meine Lippen. Dann verließ auch ich das Büro. Ich schloss hinter mir die Glastür und atmete tief ein und wieder aus. Dann schaute ich zu Sarah, die mir einen mitleidigen Blick zuwarf und dann mit dem Kopf zu einem der Stühle nickte, auf denen ich damals saß, als ich auf das Gespräch gewartet hatte. Joe saß da und blätterte durch irgendeine Zeitung. Ich nickte Sarah müde zu und ging zu Joe.

»Hi, was machst du hier?«

Joe sprang sofort vom Stuhl auf und nahm mich in den Arm. Dann schob er mich an den Schultern zurück und sah mich eindringlich an. »Bevor ich dir erzähle, beantworte mir nur die eine Frage! Baby, sag mir, dass nicht du es warst, die dieses schreckliche Cover entworfen hat.« Er sah kurz zu Bens Büro, dann wieder mich an.

»Doch, ich war es«, flüsterte ich.

»Nein!«

»Doch. So, Joe, warum bist du hergekommen? Ich habe noch einiges zu tun.« … *dem Mittelteil Dankeschön sagen* …

»Also, Tom hat noch mal nachgeforscht. Dein Blickkontakt ist wirklich verheiratet, allerdings leben er und seine Frau seit über einem Jahr getrennt. Und die Frau wohnt in Afrika, weil sie der Organisation *Ärzte ohne Grenzen* beigetreten ist. Sie heißt, glaube ich, …«

»Jenny«, beendete ich Joes Satz.

»Ach, wusstest du das?«

Ich holte zitternd Luft und hoffte, die trinatische Lippe würde mir keinen Strich durch die Rechnung machen.

»Er hat mir das mit seiner Frau erzählt. Allerdings war ich betrunken und erinnere mich erst jetzt wieder an das Gespräch.«

Joe lachte erleichtert und wirbelte mich im Kreis.

»Hör auf damit, Joe!«

»Entschuldige, aber ich bin erleichtert. Ich dachte schon, Tom und ich wären jetzt dafür verantwortlich, dass du keinen Blickkontakt mehr hast. Baby, ich muss los. Habe extra meine Mittagspause geopfert. Bis heute Abend.« Er küsste mich auf beide Wangen, dann verschwand er. Ich stand wie angewurzelt da, ehe mein Kopf und auch mein Körper einer Meinung waren und reagierten. Ich lief zu Sarah.

»Ist Marco noch da?«

»Ne, der ist gerade gegangen. Wieso?«

So schnell ich konnte, verließ ich die Agentur und sah gerade noch, wie die Türen des Aufzuges sich schlossen. Ich haute mit aller Gewalt auf den Knopf und hoffte, die Türen würden sich wieder öffnen, doch das taten sie nicht. Ich sank an der Wand hinunter und vergrub mein Gesicht hinter meinen Händen. Ein Scheißscheißscheißtag war das.

Nach sicherlich 20 Minuten fühlte ich mich endlich wieder in der Lage, aufzustehen. Ich nahm kurz die

Brille ab, wischte mir einmal über die Augen, setzte sie wieder auf und ging energisch ins Büro um das Cover für den nächsten Tag vorzubereiten. Vielleicht konnte ich Marco damit beeindrucken und dann die Chance ergreifen und ihn um Verzeihung bitten.

Das Großraumbüro war bereits dunkel, als ich endlich das Büro verließ. Ali war pünktlich um 16 Uhr gegangen und die letzten eineinhalb Stunden hatte ich es genossen, alleine zu sein. Mit dem Cover war ich nahezu fertig geworden und hoffte, dass es Marco gefiel.

Sarah wartete ungeduldig vorne an der Information.

»Entschuldige, ich wollte noch das Cover für morgen fertig machen.«

»Kein Problem. Aber jetzt muss ich wirklich los. Ich bin noch verabredet.«

»Ich auch«, sagte ich und hoffte, eine Nachricht auf Insta zu bekommen, wo mir Mr.LovaLova schrieb, dass er doch nicht heute konnte. Leider war dies nicht der Fall.

Wir fuhren gemeinsam mit dem Aufzug nach unten und mein Wunsch war nur noch, schnell das Treffen mit Ben hinter mich zu bringen, schnell nach Hause zu fahren, schnell einzuschlafen und schnell Marco zu sehen.

»Bis morgen, Sarah!«, rief ich und überquerte die Straße, um zum Auto zu kommen. Ich hatte noch genau 20 Minuten Zeit, um in der Bäckerei meinen Lieblingsmuffin zu kaufen und dann würde ich Ben gleich sagen, dass ich ihn sehr nett fände und es wirklich Spaß machte, mit ihm zu schreiben, wir aber im wirklichen Leben einfach zu verschieden seien.

»Einen Marmor Muffin mit Karamell und bitte einem roten Gummibärchen on Top.«

Die Bedienung packte mir den Muffin sorgfältig ein und reichte ihn mir. »2 Euro 49 dann bitte.«

Ich gab ihr das Geld und verließ den Laden. Dann machte ich mich auf den Weg zum Café. Von weitem sah ich Ben, der an der Theke stand und sich mit der Bedienung unterhielt. Er trug einen Anzug. Schade eigentlich. Ich packte den Muffin aus, steckte das Papier in meine Handtasche, dann öffnete ich die Tür und ging zielstrebig zur Theke. Ich biss in den Muffin. Karamell quoll raus.

»Ich möchte bitte lösen«, sagte ich mit vollem Mund. Ben drehte sich um und sah mich erstaunt an. »Marmor Muffin mit Karamell.« Ich hielt ihm den angebissenen Muffin entgegen und kaute mit vollen Backen.

»Trina, was machst du denn hier?«

Ich hörte auf zu kauen und sah ihn nur an. Er schaut plötzlich über mich hinweg und lachte. »Sarah, ich dachte schon, du kommst nicht mehr.«

Ich drehte mich wie in Zeitlupe um und schaute wie erstarrt Sarah an. »Trina! Hätte ich gewusst, dass du auch in diesem Café verabredet bist, hätten wir zusammen herkommen können.«

Ich würgte das Stück Muffin runter. Dann drehte ich mich wieder zu Ben, der fragend Sarah anschaute.

»Du bist Mr.LovaLova, oder? Ich meine, der bist du doch, richtig?«

Ben grinste irritiert. »Wer bin ich?«

»Ist alles in Ordnung, Trina? Mit wem bist du denn verabredet?«, fragte Sarah und stellte sich neben Ben, der sofort den Arm um sie schlang.

»Wir ... wir haben doch auf Insta geschrieben. Das haben wir, oder? Ich habe dir von meinem Unfall erzählt. Deswegen wusstest du doch, dass ich mich an der Braue verletzt habe.« Meine Stimme brach.

»Wo habe ich geschrieben?«

»Auf Instagram!« Ich will nicht sagen, dass ich geschrien habe, aber es war doch deutlich lauter gesprochen, sodass sich einige Gäste zu uns umdrehten und die Bedienung warnend den Kopf schüttelte.

»Andy hat mir das mit deinem Unfall erzählt. Wir haben den gleichen Frisör. Tut mir leid, Trina, aber du verwechselst mich sicher. Sollen wir dich nach Hause bringen? War vielleicht heute alles etwas viel für dich.

Die Präsentation, ganz neu in der Agentur, da kann einem das Gehirn sicher schon mal einen Streich spielen.« Ben sah mich besorgt an und Sarah streichelte mir über den Arm. Ich schüttelte nur noch den Kopf. Mit wem hatte ich die ganze Zeit geschrieben? Ich zog die Nase hoch und versuchte zumindest ein Grinsen zustande zu bekommen. »Eine Verwechslung. Entschuldigt mich. Ich muss jetzt gehen.« Ich hatte das Gefühl, das Stück Muffin blieb mir im Halse stecken. Tränen sammelten sich in meinen Augen, als ich mich umdrehte und das Café verlassen wollte. Andy hatte von meiner Verletzung erzählt, ›Knoblauch ist gesund‹, sagen ganz viele, ›tief durchatmen‹, sagen ebenfalls ganz viele. Ich hatte mich in etwas verrannt. Mehr nicht. Ich zog die Tür auf und wäre am liebsten los gerannt, als ich plötzlich eine bekannte Stimme hörte. Ich hielt inne.

»Hey! Was ist mit LikeforLike?«

Ich schloss die Tür, sah zu Boden, nickte und sah Tränen auf den Boden fallen. Ich spürte eine Hand um meinen Arm. Dann drehte Marco mich zu sich um. Ich sah schluchzend auf. Er nickte zu dem Stück Muffin in meiner Hand. »Also, LoverCover94, was ist es?«

Ich lachte, trotzdem Tränen immer weiter liefen. »Marmor Muffin mit einem flüssigen Karamellkern, überzogen mit dunkler Schokolade und einem roten Gummibärchen on Top.«

»I like!« Marco biss in seinen Muffin, kaute und sah mich schmunzelnd an. Dann hielt er ihn mir entgegen. »Möhren Muffin mit Blaubeeren, überzogen von weißer Schokolade und bunten Smarties on Top«, sagte er mit vollem Mund.

Ich lachte und zog lachend die Nase hoch. »I like!« Dann sah ich ihn ernst an. »Seit wann wusstest du, dass ich LoverCover94 bin?«

Er nickte und sah wieder kurz zu Boden. »Als ich beim Vorstellungsgespräch gesehen habe, dass du dich an der Augenbraue verletzt hast.«

»Warum hast du nichts gesagt?«, flüsterte ich fragend.

Er fuhr sich mit der Hand durch die Haare und schnaufte kurz. »Ich hatte Angst, dass du mich im wahren Leben nicht gut finden würdest.«

Ich war gerührt. Sehr sogar. »Ich finde dich viel besser als auf Insta!«

Er nahm mir das Stück Muffin aus der Hand, legte es auf einen der Tische zusammen mit seinem, zog mir meine Brille ab, sich seine auch, nahm mein Gesicht in seine Hände und küsste mich sanft. »Mr.LovaLova, was haben Sie jetzt vor?«

Er wanderte mit seinem Mund zu meinem Ohr und flüsterte: »Kommen wir jetzt zum Mittelteil.«

Ende

Liebe Laura

Vielen Dank!!!

<u>Über den Autor:</u>

Charlie Newsman ist das Pseudonym einer Autorin, die es sich zur Aufgabe gemacht hat, Leser zum Lachen zu bringen. Ihr erster Hashtag - Roman #Likefor-Like ist der Start für lustige, moderne Liebesgeschichten, stets mit Happy - End und einer ordentlichen Prise Humor.